公元787年，唐封疆大吏马总集诸子精华，编著成《意林》一书6卷，流传至今

意林：始于公元787年，距今1200余年

意林®

一则故事　改变一生

《意林·少年版》编辑部

名人推荐

◆一个人一生中，总有几个被音乐打动，被音乐激励的时刻。这部小说将当下流行的励志歌曲与故事相融合，很是巧妙，值得期待。

桂冠童书奖、陕西省“五个一工程奖”获得者 伍剑

◆与其他成长小说相比，孟盛的小说情节曲折，叙事明快，笔调幽默，并融合了当下流行元素，可读性强。在主题上，不止于竞技体育的一般描述，更带有独特的审美趣味，是一部优秀的励志作品。

上海大学中文系副教授 许道军

◆这部关于少男少女的小说是极为真诚的。主人公流下的泪水与汗水竟可以化为音乐的篇章、动人的友谊、不屈的品质。更令人惊喜的是，从本书还可以学到专业的网球理论知识。

华东政法大学中文系讲师、文学博士 高尔雅

夜的勋章似少年的光

YE DE XUN ZHANG SI

SHAO NIAN DE GUANG

成长音乐小说

孟盛 著

北京工业大学出版社

图书在版编目（CIP）数据

夜的勋章似少年的光 / 孟盛著. -- 北京 : 北京工业大学出版社, 2019.11
ISBN 978-7-5639-6978-4

Ⅰ. ①夜… Ⅱ. ①孟… Ⅲ. ①长篇小说—中国—当代
Ⅳ. ①I247.5

中国版本图书馆 CIP 数据核字（2019）第 183514 号

夜的勋章似少年的光
YE DE XUNZHANG SI SHAONIAN DE GUANG

著　　者：孟　盛
责任编辑：陈　娜
封面设计：资　源
出版发行：北京工业大学出版社
（北京市朝阳区平乐园100号　邮编：100124）
010-67391722（传真）　bgdcbs@sina.com
经销单位：全国各地新华书店
承印单位：晟德（天津）印刷有限公司
开　　本：700毫米×1000毫米　1/16
印　　张：13
字　　数：130千字
版　　次：2019年11月第1版
印　　次：2019年11月第1次印刷
标准书号：ISBN 978-7-5639-6978-4
定　　价：28.80元

序

时光入海，你我不负

我曾经问过我的“00后”学生们一个问题：坚持到底有多难？

得到的答案各异，比如A说坚持太难了，想随时放弃；B说坚持的难度就像孤立于黑夜，不清楚何时看到月光；C说我不知道坚持有多难，因为我从未坚持过……

受到年龄的局限和学习的压力，同学们都把坚持的目标定位在学习上。但，我想进一步问几个问题，你所谓的“坚持”真的是一种“坚持”吗？你的“坚持”是一种主动坚持，还是被迫坚持？我知道，每个人都渴望的是坚持后的成功，但是如果坚持后得不到成功，你还会继续坚持那个目标吗？

我想分享一个关于自己的故事。我大学读的是中文系，中文系的学生有一特点就是要阅读大量的古今中外文学名著。但我们宿舍的章程规定，每天23点就要熄灯（也不允许用自备台灯，以免影响他人休息）。因此，往往会出现这样的现象，23点一到，寝室自动断电，但我们的书还未读完。然后呢，我注意到寝室旁边厕所的灯是常亮的。于是，我就和小伙伴们带着书搬上座椅去厕所继续阅读。为此我们还闹出不少笑话，比如我们读到欣喜的段落，会拍案叫绝，把隔壁寝室的同学们吓得够呛。当然，我们也受到过“惩罚”。有一年冬天，当我们读到一半时，寝室的门突然被风关上，然而，我们都没带钥匙。于是，你会看到这样一幕，四个男生抱着书蹲在墙角不停哆嗦，嘴上念念有词。但就在这昏黄的灯光下、谜一般的气味中，我们读完了柏拉图、黑格尔、福楼拜、巴尔扎克、伍尔夫等一系列经典大家的代表作，从而构建起我们的文学世界。

多年之后，再回忆起那一段岁月，我们不禁感慨万分，当时的“坚持”是如此可贵。尤其是在没有任何外在的要求之下，我们凭借着个人内在的追求去做一件喜欢的事，这是多么不易。亦如在这本小说当中，楚河对网球的那份坚持。若细读文章，你会发现楚河的网球水平并不是战无不胜的。我们必须要接受这样一个事实，失败也是人生的一种常态。但面对失败，你能否再继续坚持？

我想，坚持的意义，并不是最后所形成的结果，而是在那段时光如海的岁月里，你所付出的努力、汗水甚至是眼泪。未来的你一定会感谢当初那个始终坚持的自己，因为坚持的意义就在于坚持的本身。

那么，回到最初的问题，坚持到底有多难呢？我想这本书会给你答案。

孟盛

二〇一九年七月

目录

目录

第一章　黑夜过招

米雪大大咧咧，一心只想将爱心奶茶送到她楚河哥哥面前。当她意识到速度130公里/小时的发球，以迅雷不及掩耳之势向她冲来时，她都忘了尖叫。但是，球到米雪鼻尖，被楚河的快速反击打掉了。

No.1

晚上九点，天气寒冷，明格中学晚自习结束后，大批学生正涌入宿舍。也许，他们已迫不及待想打开某个幽闭的保险柜，寻找暖宝宝来提升热量；抑或，他们提前准备了不少肉食，欲趁宿管阿姨不在之际，吃一顿不太地道的麻辣小火锅……

天实在太冷了，校内草丛里的野猫都不像往常一般嘶叫。

此时，与涌入宿舍内的学生不同，一个身影趁着月光犹在，竟背向而行。他穿着无袖耐克衫，露出健康的肌肉，大步往前走着。然而，明格的学生并不惊讶，只要看见那单肩斜背着威尔逊网球包的身影便知道，那是楚河，高二（3）班的网球手。

其实，楚河是个极为无趣的人。他上课从不会主动回答老师的问题，各科成绩却永远高出平均分五分以内，平时话不多，喜欢吃泡面，唯一的爱好就是打网球。

在明格网球社，曾流传过一句经典语录：我们拼命打球，然后进入决赛，输给一个叫“楚河”的人。

据说，楚河在高一的时候，他还持外卡参加过本区草地赛，接连打败职业网球手，闯进四强。

楚河对关于他的传言并不感兴趣。很多事情看似简单，实则困难重重，比如这一次的四校冠军争霸比赛，将会吸引区队教练观看，争霸赛冠军将有希望代表区队参加市级对抗赛。可以说，这次争霸赛是业余球手转职业球手的最佳机会。

成为职业网球手是楚河的梦想，他想像他的偶像，人称“世界上最伟大的网球选手”——罗杰·费德勒那样成为赛场的聚焦点，用优雅的单手反拍，打出致命一击的制胜球。

明格中学一共只有两块网球场。白天，总会有菜鸟霸占着场地，只有到了晚上，世界都安静了，楚河才开始训练。

楚河喜欢选右侧的网球场，并非出于网球手的执念，而是左侧的那块场地的草坪早已变成黄土，影响击球的品质。楚河虽然只是一个高中生，但在他心中，每一次的准备、每一次的击球，都要达到内心的职业标准。

No.2

楚河背着包，还未进球场，就听到场内有击球的声音。

他微微皱眉，呆呆地站在场边。由于是夜晚，他无法看清占用场地之人的面貌。但凭借其多年的打球经历，楚河判断那人的发球时速不低于130公里，这个时速近于ATP（国际男子职业网球协会）职业标准。

在明格中学，除了他楚河，没有人可以打出如此高的时速。

那人似乎也发现了楚河，但是他没有停下来，而是继续发球。楚河注意到他来球的路线都是围绕底线45度定向落点。用句通俗的话说是“指哪儿，打哪儿”。

楚河不善言辞，他第一次走向左侧草地，刚准备练球，就听到场外熟悉的声音。

“楚河，我给你带了奶茶！”米雪是楚河粉丝会会长，也是楚河的同班同学。米雪善良可爱，但楚河总觉她是他的拖油瓶。

米雪大大咧咧，一心只想将爱心奶茶送到她楚河哥哥面前。当她意识到速度130公里/小时的发球，以迅雷不及掩耳之势向她冲来时，她都忘了尖叫。但是，球到米雪鼻尖，被楚河的快速反击打掉了。

过了几秒钟，米雪才哭了出来。楚河连忙跑过来，问：“伤着哪里了？”

米雪摇头，破涕为笑道：“楚河你竟然出手救我？楚河，你关心我哦？”

楚河扶起米雪，对远处那人说：“喂！难道你都不道一下歉吗？”

“不是没伤着嘛！”

“你……”

米雪摆手，高声说道：“没事！谢谢你啊！要不是因为你，楚河都不会来救我呢！”

那人并不答话，继续练球。

No.3

第二天，网球社训练，教练Mr.陈召集大家，宣布高一转校生林若风正式加盟团队。

林若风梳着大背头，鹰钩鼻上架着渐变色墨镜。紧实的肌肉将Polo衫撑得有些像香肠的外壳，紧凑而又有质感。这一身形和教练Mr.陈有些相似。

“这小子该不会是走后门进来的吧？”

网球社员们在底下轻声议论。

“Mr.陈，凭什么高一菜鸟就能直接入社？”马仔是网球社副社长，球技一般，除了楚河，他对社里所有人都不服。

“凭什么这种草包能做副社长？”林若风回应道。

“你说什么？”马仔欲上前，被几个队友阻住，“臭小子，敢不敢和我单挑？赢了，你做副社长，输了就赶快退出社团！”

林若风没有理睬马仔的挑衅，他拿起百宝力球拍指了指二十米外的空水瓶。片刻，只听到“砰”的一声，击中目标。

林若风说：“乐于奉陪！”

马仔不由自主地退到楚河的身后。

Mr.陈见场面尴尬，便点了点头，向林若风介绍：“这是我们网球社啦啦队队长米雪。”

此时，米雪的眼中只有楚河，她拿着橘子汽水奔向楚河。楚河下意识地往后退却。

米雪眼神有些黯淡，她咬了咬嘴唇，默默低下头。

新人林若风夺过汽水，竟一饮而尽。

米雪说：“喂！怎么又是你！这是给楚河的。”

林若风说：“他不喝，别浪费了。”

No.4

后来，常规分组训练时，Mr.陈要求楚河和林若风一组。

“他不配。”

楚河甩着球拍，不理会教练的要求，对着墙壁开始自己训练。

第二章　帅到爆炸

一连几个晚上，楚河都陷入了失眠，听着室友们发出有节奏的打呼声，他在床铺上辗转反侧。楚河感到喉咙中有一股灼热的气息，吐不出来也咽不下去。

No.5

开学季，高一学生照例要进行新生队列会操。明格中学有个传统，高二学长作为导生要全程陪同高一的学弟学妹完成会操指标。

楚河当选为新生的导生。

倒不是他主动认领这项任务，而是楚河的运动天赋实在是难以有敌手。若连体育达人都不愿意做队列会操导生，以后明格就没有人愿意干这活儿了。

“楚河，你要相信自己！你网球打得那么好，难道还怕会操吗？不，这不是让你去会操，而是让你陪伴学弟学妹。在他们最虚弱的时候，给予他们温暖和爱。”

“温暖和爱？”

楚河不明白班主任孟老师的意思。

“就是提供风油精和水。”孟老师补充道，“楚河，相信我。导生做的事情非常容易，人不可能永远做主角，偶尔也要做一些配角。生命的价值在于陪伴，在于帮助他人，在于引导他人……”

“老师，我答应您。”楚河用手支起脑袋，他怕孟老师再和他滔滔不绝地唠叨两三个小时，他的脑袋就会彻底像被安上金箍，痛不欲生了。

“什么？你竟然答应了？”马仔、黑皮两位死党连连惊呼，“你怎么会答应老孟的要求呢？”

“老师说，只要在旁边待着送水就行！”楚河歪嘴冷笑，仿佛在告诉兄弟们没有他办不成的事。

三天后，身穿迷彩服的楚河拿着稿子在三百人面前发言。

楚河看到台下学弟学妹们快晕过去的样子，才想起自己的发言题目是“挥洒汗水，美好永存”，他瞬间说不出话来。值得一提的是，楚河是在上台前十分钟才拿到发言稿的。

当然，楚河不知道的是台下的新生们，尤其是学妹们见到如此酷酷的学长，早已心花怒放。

“这学长好帅啊，他有吴亦凡的发型、胡歌的眼睛、言承旭的笑脸、钟汉良的背影！”

“别犯花痴啦，学长戴着帽子，哪里看得出发型，这明明是吴磊的样子好吗？”

“别吵了！”一个体格比较健壮的男生，看着本班女生一脸迷离的样子，有些不乐意，他说，“你们这些女生成天想这些有的没的，毫无组织纪律！你们实在是太out（土）了，那位学长更像白敬亭好吗？”

台下的新生闹哄哄的，楚河以为是自己的原因，连忙打开文件夹，找出稿子，准备硬着头皮念下去。楚河曾经历过无数个打网球的关键时刻，但从未经历过在数百人面前发言。他的手心冒出不少冷汗，全身都有些僵硬。

“……我不再想为大家介绍过去的一些会操经验，因为我想让你们自己去用心感受什么才是集体的力量！更希望你们历经磨砺之后，自己告诉我通过这次活动学到了什么！”

稿纸上满满两页文字，楚河把它压缩到一页篇幅。

台下的新生们为楚河简短的发言喝彩。

No.6

正式的队列会操在烈日下拉开帷幕。

也许是经历了中考后那个暴饮暴食的暑假，这一届学生的身体素质普遍低下，令人担忧。不到二十分钟就有一位女生倒下，楚河只能慢慢搀扶着她去医务室。

“哇！帅学长好体贴！主动关心学妹！”女生们像说好了似的，一个个都嚷着难受。

楚河准备上前去帮助那些女生，一道身影挡在了他的前面。

“难受是吧！来，这种小事，让学姐帮你！你是要喝水呢？还是要去医务室？医务室就在前面二十米处。能走吗？来，其他几位女生扶一下！”

米雪麻利地消灭一批“投机分子”。得知楚河来当导生时，她向班主任软磨硬泡，愣是把另一个导生名额占为己有。

“看什么看，站好！”米雪用眼神白了一眼偷懒的小女生。

“楚河，你去休息好啦！这里交给我！”米雪递给楚河一瓶矿泉水，说，“放心！这里没有我摆不平的事儿！”

正当楚河准备找阴凉地休息时，一个刺耳的声音从远处飘来。

“既然导生是陪伴我们的朋友，那就和我们一起站军姿吧！”林若风直视楚河，“怎么？难道刚才在台上的发言，只是说说的吗？”

“怎么又是你！我们家楚河哪里得罪你这个小少爷了？”米雪替楚河打抱不平道，“这是你们新生的义务，而楚河陪伴你们只是尽责任。”

“好，我来！”楚河答应林若风的请求。

按常理说，帅学长被为难，大家都会谴责为难的一方。但，有一种情况除外，那就是为难的一方也是帅哥。林若风的到来，就像是夏日里海风吹拂而过，在燥热中带来了凉意。

“哇！这位同级生好帅，他好阳光！他的眼睛还会说话！”

“是啊！我本以为跳出来的是个愣头青，没想到是个帅小伙。”

“我还是觉得学长帅！那酷酷的表情简直迷死人！”

“不，还是那个叫林若风的男生帅，他的笑容太有穿透力了，快要把我们的心融化了。”

学妹们还在为争论谁帅而窃窃私语。但楚河和林若风并不关心这类无聊的八卦。原定立正队形是40分钟，当大家都休息时，两人还戳在原地。

“这两人是杠上了吧！”马仔拿着望远镜从教学楼向操场观望，黑皮则拿着录像机拍摄。

“黑皮，这不是训练。你拿着录像机干吗？”

“我在研究他们到底谁比较帅。”

马仔看着黑皮专心致志地拍摄，他下意识地退后几步。

No.7

半小时后，是集体用餐时间。林若风做了一个暂停的手势，楚河随即点头默认。

楚河双手交叉于胸前，看着林若风进入食堂。

“楚河，人家都走了。你怎么还在这里？”

米雪擦拭着额头上的汗，跑向楚河。

“我……我脚发麻了！”

“脚发麻了，还和人家比！”米雪嗔怪楚河，然后，扶着他一步步走向食堂。

虽说这次的体力比拼，两人没有分出胜负。但楚河从林若风离去的步伐上判断，对手的体力要胜于自己。

No.8

“社长，你的人气好像下降了不少！”

马仔和黑皮打好饭坐在楚河身旁。

“会不会说话！楚哥的人气怎么会下降呢？楚河在乎的是人

气吗？”马仔拿筷子敲了一下黑皮的脑门，黑皮立马不再说话。

不过，黑皮说得不无道理。以往楚河用餐，起码方圆五米之内都是女生，而且没有空位。但是今天，随着林若风的出场，有些新生跑去看他了。

前排倒饭的两名女生小声交流着：“楚河学长太冷了，都不愿意和我们说话。”

“是啊！是啊！”另一女生附和，“不像我们同级的林若风，你和他打招呼，他还会和你互动呢！”

“而且，我听说林若风的网球也打得很好，球场上他有一个外号叫‘林零封’，经常让比赛的对手一分未得呢！这比楚河学长还厉害呢……”

“你们说什么呢？懂不懂低调有内涵的美男子是最帅的？”米雪从那两名女生后面插入，大声说道，吓得那两个女生打了个趔趄。

楚河快速穿过她们。倒饭。

人们无法在楚河的脸上读出任何情绪。只是今天，他吃的饭比平时少了许多。

No.9

会操结束的那天，有一个迎新晚会。所谓的迎新晚会就是会操时每个连队出一个节目。无疑，林若风是当晚最耀眼的明星。

林若风表演的节目是歌曲串烧。他首先深情款款地唱了一首慢歌。正当所有人都陶醉在那缓慢的节奏里时，他突然又来了一段即兴的rap（说唱）。

在场的所有人都跟着林若风一起摇摆。

就连力挺楚河的黑皮也忍不住跟着充满律动的音乐，不停摇晃。

“喂！你站哪边的？”马仔有些不悦。

“什么？我听不见！”喜欢摇滚乐的黑皮已完全沉浸在其中，只有在音乐世界中，黑皮才会无所顾忌，自由地跳舞。

马仔盯着黑皮扭动的屁股，抓住时机，猛踹下去。黑皮一声惨叫。

“黑皮，你是皮痒了吗？你到底是站哪边的？”

“对不起，对不起。林若风的节奏感太强了。我实在是忍不住就和他互动起来。”

然而，林若风的表演还没有结束，舞台灯光突然全灭，几束激光从舞台中央向四处散开，林若风的机械舞步随激光而不断变化。

“这难道就是传说中的激光舞吗？”黑皮张大嘴巴，连声赞叹。很难想象激光舞会出现在中学的校园里。先不论完成这套激光舞是多么困难，单是这些设备便造价不菲。显然，这必定是个人出资。

现场的气氛随之被推入高潮，台下的观众大喊着：“明格舞王，明格舞王！”

“还真别说，林若风的舞跳得真好！”黑皮回过头对马仔说，却不见马仔的身影。

过了很久，黑皮才发现马仔早已跑到人堆里冲着舞台大喊：“舞王！舞王！”

No.10

林若风下场前还戏弄了一下楚河，说：“导生，来一个！导生，来一个！”

晚会的场子已经被林若风热起来了，新生们也不顾合不合适，跟着林若风大叫：“来一个，来一个！”

台下不知是谁说了一首歌名，颇符合楚河的心境——《凉凉》！

“既然大家想听《凉凉》，那就由我来唱吧！”米雪知道楚河不善唱歌，试图替他解围。

“一起唱！一起唱！”起哄的声音越来越大。

米雪不加理会，自顾唱了起来。只是楚河愣在那里有些尴尬。

此时，已经下台的林若风重新返场。他帮助米雪唱了副歌部分。

米雪的嗓音灵动清亮，林若风的歌唱又极具穿透力。二者的融合竟把这首《凉凉》唱出了别样的风采。

台下的新生听得如痴如醉，焦点自然不在楚河的身上了。米雪看着楚河悄悄下台，离开现场，想要追出去，却被林若风制止道：“台下的观众还在看着，你现在跑出去太没有职业精神了吧？”

米雪想到毕竟林若风是为了救自己的场而上台，如果现在下台，留他一个人在台上似乎不近人情。

米雪勉强和他唱完歌后，冲下台去寻找楚河。但楚河早已消失在茫茫人海之中。

No.11

一连几个晚上，楚河都陷入了失眠，听着室友们发出有节奏的打呼声，他在床铺上辗转反侧。楚河感到喉咙中有一股灼热的气息，吐不出来也咽不下去。

楚河明白，这股气息是林若风造成的。从第一眼看到林若风起，楚河就知道林若风所带来的威胁是全方位的。楚河的威尔逊网球装备是最低配的，市场价也就三百元，而且这是楚河省下六个月的早餐钱，买的二手装备。相反，林若风的百宝力球拍是职业球员顶级配置。楚河用他专业的网球素养来推理，林若风的网球装备总价值应不低于五位数。这也是楚河不愿意和林若风组队的原因。他怕林若风看出自己的窘态。

男生之间，很多事情不愿意说出口，多半和尊严有关。

楚河失眠的第二个原因也是关于林若风的。白天训练完毕，按照以往，米雪会像跟屁虫一般，跟着他去食堂打饭。但自从迎新晚会后，米雪似乎刻意和楚河疏远了距离。

“米雪，这里有位置！快来坐！”马仔指着楚河身边的空位，招手道。然而，米雪只从他身边路过，走向另一边的林若风。

“米雪最近是怎么了？老是和这个小子一起吃饭。”看着米雪和林若风有说有笑，马仔一脸不解，“米雪不是号称是楚河最坚强的粉丝吗？”

黑皮说，上周末，他看到林若风约米雪外出吃饭。

听到这个消息，楚河表面上一副无所谓的样子，但是他内心总觉得少了些什么。

后来，楚河终于入睡，却接连做梦。他梦到自己的童年，梦到那个家徒四壁的家，梦到那个嗜赌如命的父亲总是从家里翻箱倒柜找钱的身影，梦到母亲跪在亲友们面前讨生活费的哀求声，梦到十四岁的自己偷偷拿家里的钱去买网球装备的场景……

“林若风。”楚河默念道。

第三章　少年崛起

Mr.陈走后，楚河坐在场边发呆，他意识到，自从林若风到来，自己很难再打出优雅的球风。林若风就像是一股青春风暴，席卷了整个明格中学。

No.12

周三常规训练结束后，林若风独自走到楚河面前。

“下周就是四校的校内选拔赛，据说男子单打只有一个名额。”林若风看向楚河，言语中露着傲慢的态度。

楚河说：“所以呢？”

“我希望那个人是我！”

林若风从书包里拿出一个厚厚的信封，说：“里面是五千元现金，外加费德勒威尔逊同款装备，只要你愿意输掉比赛，这些就都是你的了。”

楚河冷笑：“你我的实力在伯仲之间，你怎么知道，你一定赢不了？”

“我需要百分之百的把握！”

楚河问：“为什么？”

“为什么？”林若风此时目光有些闪烁，他说，“因为那天米雪也会出现。我一定要在她面前彻底战胜你！”

楚河没有接过信封，而是转身离开了。

No.13

最近几天，楚河发现自己的右手总时不时地发抖，就连写字都感觉有些困难。

也许是给自己太多压力了，原本一天一练的网球训练，楚河改为一天两练，但他的身体无法承受这么高强度的训练。

尤其是他在处理反手接发球时，手有些不听使唤，导致回球的时候，无法打出漂亮的反斜线。

更让人感到意外的是，白天与马仔进行对抗练习时，一个非常简单的高压球，楚河竟罕见地将球扣飞出界。要知道楚河上次扣飞高压球，那还是在遥远的初中时代。

No.14

晚上，楚河独自来到训练场。他出神地盯着自己通红的手掌心。

“谁？”楚河发现场外有一个黑影。

“是我！”

“Mr.陈？”

Mr.陈把刚才楚河练习时散落在球场上的网球一一捡入网袋。

“哟，你小子练得挺勤奋的嘛！”

“马上就要打比赛了，想多练一会儿！”

“多练？你知不知道多练会增加我们多少工作量？你有没有同情心？”

Mr.陈非但没有表扬楚河的勤奋好学，反而对他提出了批评。这是楚河始料未及的。

“网球要懂得打，也要懂得收。收放自如，才是优雅网球的哲学。你说，你现在急于求成这算优雅吗？”

“教练！”楚河明白Mr.陈故意批评他，其实是希望他不要太累。

Mr.陈将手中的一个网球扔向楚河，嘱咐道：“即使是天才也是需要休息的。”

Mr.陈走后，楚河坐在场边发呆，他意识到，自从林若风到来，自己很难再打出优雅的球风。林若风就像是一股青春风暴，席卷了整个明格中学。

但一位优秀的网球手是不会因为谁的到来而扰乱自己的心性的。

其实，刚才Mr.陈已经暗示，楚河和林若风属于两种不同风格的球员。林若风是暴力美学的代表，打法凶狠，体力充沛。楚河则擅长网前截击，习惯用球的落点变化来迷惑对手。

“尽可能发挥自己的长处，便是最强的得分利器。管别人做什么呢？”

没错！Mr.陈说的没错！收放自如，才是优雅网球的至高境界。

楚河感到Mr.陈不仅仅是一个体育老师，他似乎是《仙剑奇侠传》中那个生活糊涂，但道行高深的酒剑仙，深藏着功与名。

No.15

楚河的状态慢慢好转。这一点在和马仔的交往战绩中可以看出。

以往他打马仔6：0需要10分钟，现在5：0只过去8分钟。

“我还可以让比赛更快！”球场边黑皮拿着计时器，叫楚河看向前面正慢慢走来的米雪。

又是一击Ace球（指球落在有效区内但对方没有触到球）。

8分30秒。楚河的状态终于回到正常水准了。

许久未露面的米雪站在楚河身旁，她带来的是珍珠奶茶。

楚河问：“你怎么来了？”

米雪也不回答，见到楚河就号啕大哭，很久才缓过气说：“林若风这个骗子，他说，只要我故意和他待在一起，你就会来找我。可是都过去一个星期了，你还是没来找我，我整整浪费了一个星期呢。”

米雪见楚河没有反应，更是伤心道：“难道一星期没见，你就不认识我了吗？楚河，我是米雪啊！是你的同班同学，粉丝会会长。”

“西米露！”

“啥？”

楚河说：“我爱喝的是西米露。”

米雪激动地握紧双拳，蹲在地上，突然爆发出像是她考试及格一般的笑声：“天哪！我的偶像终于说出他的最爱了。”

楚河说：“米雪！我们是多年的朋友，不要说偶像不偶像之类的话。”

“天哪！偶像终于和我说话了！”

“呃……”

No.16

之后的选拔赛乏善可陈，最终的男单决赛选手是楚河和林若风。两边都有啦啦队，不过，楚河的支持者明显多一点儿。

开赛前半小时，楚河按照以往习惯，在球场上跑圈。当他回到准备室时，发现林若风的管家里克尔正鬼鬼祟祟做着坏事。

“你在干什么？”

里克尔听到楚河的声音，吓得连球拍都拿不稳。楚河唯一的球拍竟被他用剪刀剪坏了一大半。楚河扑向球拍，紧紧握住拳头，眼睛瞪向里克尔。

里克尔落荒而逃。

此时，校园广播已经催促队员上场。

楚河拿着只有一半网线的球拍向观众席致意，这个举动惊得包括米雪、Mr.陈在内的观众下巴都要掉了。

“楚河在搞什么鬼啊？拿一个烂球拍怎么打比赛？”

“是不是林若风搞的鬼？”

观众们议论纷纷。米雪想立刻走下看台，帮助楚河，却被Mr.陈抬起手阻挡住了。

“教练，这分明就是林若风从中作梗，正常人谁会用烂球拍打球？”米雪向Mr.陈咆哮，她最见不得楚河受欺负。

Mr.陈笑着说：“有点儿意思。让我们看看楚河还会给我们带来什么惊喜吧。”

No.17

楚河和林若风来到球场中央，相互握手致意。

“没想到你还敢来？果然是明格一哥。”林若风讥讽道。

楚河回呛：“你都花了那么多心思，我敢不来吗？”

比赛正式开始，林若风率先发球。经验老到的林若风在自己的发球局接连发外旋球，这使得楚河不得不拿坏的拍面去接发球。但是，林若风发来的球又重又沉，根本无法接到。

很快，楚河便失了一分。

“这简直就是一边倒的局面。”坐在场边观赛的马仔不忍再看下去，他想把自己的拍子借给楚河。

“再等等看！”

“教练，楚河为了这次比赛吃了好多苦啊！”

正当马仔准备向Mr.陈进一步求情时，奇迹出现了。

逐渐适应比赛节奏的楚河，到了自己的发球局，用各种网前技巧去和林若风周旋。尤其是他的胯下击球，引得在场的人为之欢呼，就连林若风的粉丝团都传来轻轻的掌声。

为了增大网球拍接触面，楚河竟然倒着拿拍。用球柄去回击林若风的外旋球。球柄不是有弹性的球拍，因此会呈现不规则运动。

缺乏预判的林若风只能看着球如同跳芭蕾般落入界内。

“太不可思议了！太不可思议了！”

看台上的观众连连咋舌，仿佛看的不是网球比赛而是魔术表演。

不过，楚河的这种打法对自身也是一种伤害。毕竟不规则运动的球很有可能无法过网。

楚河艰难地得到4分，也丢失了3分。很快，楚河便输掉了第一盘比赛。

No.18

盘中休息时，林若风对着管家里克尔大发雷霆：“谁让你这么做的？”

“若风，我只想让你赢！”

林若风将球拍重重摔在地上：“你这样做谁都知道是我干的！你觉得我赢了有什么意义吗？”

“若风，那下次我注意，找其他方法！”

“孺子不可教也！”林若风捡起球拍准备第二盘比赛。

其实，林若风一直想和楚河堂堂正正地打一场球。

之前，楚河拒绝了他的金钱诱惑，这使林若风认定，此人将是他网球生涯中最重要的敌人或者朋友！

林若风等了楚河半天，都未见其出场。

“不会是怕了吧？”林若风在心中嘀咕。

在球童的连续提醒下，楚河这才光着脚缓缓从准备室出来。不过，人们的目光并不是集中在楚河的脚上，而是他的球拍上。为了弥补那个球拍的漏洞，楚河将鞋带绑在了上面！

站在球网另一端的林若风调侃道：“你就不能向场外借一只拍子吗？”

楚河说：“你不配！”

第二盘比赛进行得很胶着。双方前五个发球局各自保发。楚河一脸淡定，倒是林若风的额头冒出不少细汗。

“明明是林若风占先，为什么看上去他更紧张呢？”马仔有些不太理解。

Mr.陈看了一眼自己的弟子，反问：“如果你最后被一个用鞋带打球的人击败，你觉得自己之后还能在明格立足吗？”

“所以，教练的意思是楚河能赢下比赛？”

马仔高兴得手舞足蹈，他拽着黑皮，兴奋地说：“听见了吗？教练说，楚河能赢下比赛！”

“好像教练不是这个意思吧！”黑皮虽然被马仔晃得有些晕菜，但还是保持了基本的理智。

No.19

直到楚河最后一球回球下网，林若风才长舒一口气，终于赢了。

然而，赛场上大家一直呼喊楚河的名字，倒像林若风是一个失败者。

看台上的米雪不顾小伙伴们的阻挠，直接从看台上跳下，去寻找她的偶像。

赛后，楚河直接回到休息室。

“楚河！”米雪气喘吁吁地站在他面前。

刚刚经历失利的楚河并没有受到太多影响，他反问米雪：“西米露呢？”

米雪破涕为笑。

楚河说：“未来的路很长，我只有十六岁，仍有很多提升的空间。即使这次不能入选，下次还有机会。”

此时，教练Mr.陈站到楚河身边说：“我有一个坏消息，还有一个好消息，你要先听哪个？”

楚河说：“坏消息吧！”

Mr.陈说：“坏消息是这次的四校争霸赛，我决定让林若风代表明格参赛。”

“教练，林若风胜之不武，楚河的球拍就是他搞的鬼。”

“米雪，先听我把话讲完吧！”Mr.陈继续说道，“好消息是经过区领导决定，任命我为区男子网球队总教练，我想让楚河直接进入区队。”

“太好了！太好了！楚河你听到了吗？你现在是区队一员了！”米雪拉住楚河的袖口，差点儿将楚河拽倒在地。

从来都不苟言笑的楚河此刻终于露出了淡淡的微笑：“谢谢教练！”

这一幕恰巧被林若风看到。

米雪破口大骂：“卑鄙小人！赢了比赛，输了人品。以后传出去，看你的脸往哪儿放。”

林若风绕开米雪的指责，径直伸出一只手，对楚河说：“准备接受下一场挑战吗？”

“好的。”楚河回答道。

两人礼貌性地握了下手。

第四章　硬杠

白天训练的疲惫感，此刻烟消云散。楚河与林若风的威名，大家早已听闻，只是能够在训练的第一天就见识到暴力网球与优雅网球的对决，实在是一大幸事。

No.20

楚河本来认为教练Mr.陈曾经带过他，所以区队的训练应该和在校队时大致相似。

然而，当他迈入区队训练馆时，一切都发生了变化。

明格中学的网球场只是室外硬地场，而区体育馆的网球训练区，有红土、草地、硬地等室内室外多片功能区域。

和楚河一同选拔上来的其他高中的选手也被这顶级的网球场地震惊到了。

“这算什么？如果你们去过伦敦的温布利网球场，即使坐在看台的最外层，也会被那景象所震撼。还有澳网（澳大利亚网球公开赛）的中央球场，那自动顶棚就像是巨大的雨伞，顷刻间让整个场地有了黑云压境的感觉……”

林若风仍在絮絮叨叨地炫耀着他去过的地方，听的人被他这一席话惊得纷纷张大嘴巴，仿佛那温布利网球场就在眼前。

突然，一只网球击中林若风的后背，与之相伴的还有亢奋的骂声，是Mr.陈：“不要把学校里那一套东西带到这里，你们集训不合格，就直接回校。”

Mr.陈一向性情温和，此刻却大发雷霆。

林若风揉着略有疼痛的背，只能暂时克制自己的脾性，因为他也被Mr.陈突然的暴怒弄蒙了。

“下面是负重训练，全体成员背起网球包，绕全场跑十圈。”Mr.陈咆哮道。

天哪！Mr.陈不是优雅网球的提倡者吗？他竟然要求队员做负重训练？

这简直不可思议！

No.21

所有的队员都被这些训练累得晕头转向，不知东西，只求放过。唯有林若风除外。

擅长暴力网球的林若风对于这些负重练习简直是驾轻就熟，很快他就完成了所有项目，并且主动要求加练。

大家惊叹于林若风良好的身体素质的同时，又有些吃惊楚河的身体竟然如此虚弱。

楚河跑到第五圈时就已经倒在地上喘粗气了。

周围的同伴小声说道：“楚河到底是怎么进入区队的？哦，他不会是走后门才进入区队的吧……”

Mr.陈没有理会这些闲言碎语，但他要求楚河站起来继续跑。

“不行就回校，想进区队的人有的是！”

筋疲力尽的楚河重新站起来，他咬紧牙关，握紧双拳，看得出他小腿上的肌肉因过度疲劳而有些僵硬，但他还是提起腿，继续向前冲过去。

球场外，一直默默关注楚河的米雪，不断为楚河加油！

楚河终于跑到终点。

Mr.陈按下秒表的暂停键，摇头道：“楚河，你是最后一个到达终点的，再跑五圈。其他人再跑三圈。”

其中，一名队员不满Mr.陈的决定，抗议道：“为什么我们还要跑三圈？”

“因为我是你们的教练！”Mr.陈怒砸网球拍，原本就有些沙哑的声音此刻更加粗粝。

他指向那个发出不满声音的队员说：“你，拿好你的球拍，给我回学校去。”

见Mr.陈发怒，所有队员连忙起身，继续跑圈。

负重训练只是第一步，接下来Mr.陈要求大家做了诸如伏地挺身、卧推深举等增加肌肉的训练，就连一向以力量著称的林若风都开始大口喘气……

一天的训练终于结束，队员们都纷纷倒在地上。不少队员是相互依靠、互相搀扶着，才慢慢走回休息室的。

在场边等候多时的米雪，搀扶起累到无法挪步的楚河，朝休息室走去。

众人纷纷侧目。

但米雪没有理会他们的目光，反而把嘴凑到楚河的耳朵边轻声说道：“Mr.陈不知道抽了什么疯！楚河，你若实在支撑不住，就放弃算了！”

楚河摇摇头，勉强露出微笑：“我不要紧的。”

米雪看着浑身酸痛的楚河，有些心疼：“反正你在我们眼里是最棒的！回明格，你仍然是第一名。”

“他不仅要做明格的第一名，还要做区队的老大！”林若风放下网球包，站在他们面前，笑道。

说完，他又补充道："不过可惜，这两者都是我！"

米雪欲上前和林若风理论，却被楚河拉住。

楚河说："做不做第一名，我并不关心。比你强就行！"

林若风有些生气，早上训练时他莫名其妙地被Mr.陈教训，现在又受到楚河挑衅，心中难以抑制的怒气似燃烧的火焰，喷薄而出。

"敢不敢现在就和我比一场，输了直接回家？"

林若风拿起球拍，发了一个低速球。

球擦着楚河的眉骨而过。

"林若风，你不要太过分了！你明知楚河体力不好。现在比赛，你赢了又怎么样？难道像上次，你勉勉强强赢了拿着破拍子的楚河，心里会很爽吗？"

林若风不理会米雪，他用球拍指向楚河问："我就问你敢不敢？"

楚河大喊一声："来啊！"

No.22

楚河与林若风约战的消息，瞬间点燃了队员们的热情。

白天训练的疲惫感，此刻烟消云散。楚河与林若风的威名，大家早有耳闻，只是能够在训练的第一天就见识到暴力网球与优雅网球的对决，实在是一大幸事。

然而，比赛过程没有出现他们预想的过多的胶着，林若风第一盘就四个发球，打了楚河一个love game（网球术语：指对方一分未得）。

楚河大比分落后，显然，白天的训练已经让他的体力消耗殆尽。

此时，楚河才明白Mr.陈讲过的“即使是天才也是需要休息的”这句话的真正内涵。

随后，楚河在自己的发球局出现双发失误，丢掉了第一盘。

到了第二局，情况略有好转，楚河运用网前截击的方法，接连放短，这一偷袭令林若风有些猝不及防，差点儿踉跄。

到底是怎么回事？楚河看着自己使不上劲的右手，自己也不敢相信眼前这一幕。步伐已经完全跟不上对手的节奏，手臂的力量也消耗殆尽，但是对于球的落点掌控比之前要好很多。

楚河的嘴角微微上扬，他看到了一丝胜利的曙光。虽然他的体力仍在下降，但他的网球意识反而更加清晰。

连得三分后，楚河将盘分战成6∶6。

林若风弯下身子，摸着自己僵硬的双腿，疑惑对面这小子是怎么回事——明明体力已耗尽，但依然可以打出这样的截击球。

不过，再好的手感也需要体力来维持。进入抢七大战，林若风逐渐适应了楚河的“偷袭”战术。

网球的战局总是风云变幻，眼下林若风就像是“开了挂”的绿巨人，很快拿到了三个赛点。

球场的气氛再次被推向高潮。大家齐喊：“回去！回去！”

显然，众人更希望将这个走后门的小子赶回学校。

还差一个球，林若风看向对面倚靠球拍才能站立的楚河。

这回终于认输了吧！林若风双脚并拢，有力地向高处蹬了几步，仿佛在暗示穷途末路的楚河，这次我必胜无疑！

接着，林若风将球高高抛起，一击有力的外角侧旋发球如同猎鹰呼啸而来。

突然，球场内的灯光熄灭，黑暗袭来。

网球场的喇叭中响起了Mr.陈的声音：“还在这里干什么？回去睡觉！”

No.23

这些天，Mr.陈忍受了非常大的压力。队员们纷纷向上级反映，说Mr.陈对他们的训练方式是非人道的，是没有效的练习，而且是故意为之！

队员们还投诉Mr.陈根本不爱惜自己的弟子，队里伤病情况日益严重。

不过，这些队员的反映并不能引起Mr.陈的重视，让他无法接受的，是自己最看重的两位队员楚河和林若风之间的关系已经到了水火不容的地步。

林若风找到Mr.陈，说楚河必须离开区队。楚河也找他，说现在的训练量只适合林若风，对喜欢优雅网球的队员们来说，帮助不大，建议他更换训练方式。

当然，Mr.陈明白这些矛盾终将烟消云散，此刻他最为关心的是自己的这批队员能否在市级比赛中脱颖而出。因为上级领导对他的训练方式有些微词，更有甚者还抓着Mr.陈许多年以前的旧事不放，认为其不配做区队教练。

很多年前，当Mr.陈和楚河一般大时，当时教练反复提醒他："陈，你不能这样散漫。"

那时候的Mr.陈非常骄傲，因为他已经赢得了青少年组几乎所有的冠军。

然而，赢得冠军后，长篇累牍的新闻报道、商业的走穴，使Mr.陈慢慢离开了自己曾经心爱的网球场。

Mr.陈逐渐跟着一些社会上的人混迹酒吧，甚至沾染了赌博等不良嗜好。

无论教练如何规劝，Mr.陈都无动于衷。他甚至觉得自己不需要教练，也可以拿冠军！

“我即使散漫也可以赢得冠军啊！”

“陈，所有的巅峰之后都是低谷，你需要更加努力，才能保持良好的状态。你的目标不是全国冠军，而是让中国青年网球走向世界。你的目标应当是四大满贯，你的排名应当是ATP100，而不仅仅局限于区、市。”

年少的Mr.陈不愿再听教练的唠叨，他大手一挥，招呼自己的小弟与他一块儿去酒吧。

他无比潇洒地给教练甩了一句：“教练，现在不是训练时间，我想做什么你管不着。”

时间不断流逝，青年Mr.陈不再有之前打网球的灵气。相反，随着后辈们不断崛起，他开始输掉一些比赛，再之后他很难通过正赛前三轮，最后连资格赛都无胜绩……

网球运动就是这样，它更新换代的速度是惊人的。

尽管，之后Mr.陈也参加了一些比赛，试图重新证明自己。可是，当他真正明白网球哲学时，他的脚步早已跟不上对手，他的力量也大不如从前。

最后，他只能选择退役成为一名中学网球教练，而那些昔日他所看不起的队员，竟在更大的平台上大放异彩。

No.24

日子一天天过着，不好也不坏。

人到中年的Mr.陈原本以为自己要就此度过平淡的一生，直到他遇到楚河和林若风。

这两位选手在他看来是当今青少年网坛的绝世天才。尤其是楚河，他的球技和球风，像极了当年的自己。因此，Mr.陈不可以也不允许楚河重蹈他当年的覆辙。

其实，Mr.陈能做教练，很大程度上是因为那个当初的教练极力推荐："虽然陈现在无法比赛了，但是他的重大赛场经验是非常珍贵的，这也是我们所欠缺的。我相信他能弥补当年的遗憾，率领弟子拿到冠军！"

Mr.陈成为区队教练后，他清楚地意识到原有的战术已经不适合用在更高层面的区队，他需要在战术层面重新研究。

重新研究，这需要冒极大风险。

然而，令他欣慰的是，训练初见成效，尤其是他看到楚河在高强度的训练之后，仍然能打出高质量的网前截击球。一种新型的战术理念已经在Mr.陈脑海中形成。

因此，楚河作为新战术的代表，Mr.陈断然不允许楚河只是因为一个赌约就退出网坛。

所以，在最后一个赛点来临之前，他果断关掉了球场的灯光。

Mr.陈露出一丝坏笑，此刻，他对着正埋头苦练的楚河，大声喊道：“来，再接一个发球！”

第五章　梦想即生活

天色渐黑，星辰散落在银河之中，楚河抬头望天，若有所思：“最近，我看了一部电影，里面有一句话让我印象深刻——梦想让生活得以忍受。其实，网球即生活。”

No.25

周末早上五点，楚河拿起网球包到体育馆训练。他刚进入场内，就已经听到了有力击球的声音，猜也猜得到是老对手林若风。

楚河有些惊讶，毕竟区队的训练量是校队的几倍，很少有人在周末还加练。

楚河依然没有和林若风打招呼，而是选择了另一块场地，训练发球。

半小时后，楚河喘着粗气，坐在旁边的休息椅上喝水。他用余光瞥向林若风，这家伙仍在拼命地训练着，仿佛是一台不知疲倦的永动机。

楚河皱着眉说："休息一下吧！这样练容易受伤！"

林若风没有停下来的意思，他只是回了一句："我要拿冠军。冠军不休息。"

楚河摇摇头，问："冠军对你来说，有这么重要吗？"

林若风将球击落到场馆内的另一端，然后用手抹去脸上的汗，说："重要。"

之后，林若风又拿出一把新拍子，说："敢不敢和我再打一盘？"

楚河连忙摇头："我不和只想拿冠军的人打比赛！"

林若风冷笑道："如果不想拿冠军，那你这么早起来训练是为了什么？"

"网球就是我的快乐，它如同呼吸一般，对我来说必不可少。"楚河说完，看了一下时间，拿起包便离开了场馆。等会儿，他要和米雪一起复习文化课。

直到楚河离开，林若风才中断训练。他弯下腰，汗水顷刻从他的身上如同滚珠般落到地面。

他躺在地上，眼前浮现出昔日的幻象。

No.26

尽管林若风家境富裕，但这并不意味着他有一个美好的童年。小时候，林若风总是会被母亲说：“为什么你就不能像你哥哥一样沉稳做事呢？”

林若风的哥哥林若贤，从小学习成绩优异，各方面表现都很突出，总是受到父母和老师的夸奖。

然而，有一个如此强势的哥哥，势必会影响弟弟的发展。无论小林若风做什么，他都比不上哥哥。

“为什么你就不能像你哥哥那样呢？”这句话如同鬼魅，常常出现在林若风的记忆里。

林若风曾对父母抱怨：“林若贤是天，林若贤是地，林若贤就是你们的全部。那我呢？我也是你们的儿子啊！”

每当林若风和父母有争吵时，林若贤总上前替他说话：“林若风还小，不懂事。爸爸妈妈别骂他了。”

说完，林若贤会将手搭在林若风的肩膀上，劝他要好好学习。

林若风挣脱哥哥的手，咆哮：“我不要你的虚情假意。你总是那么优秀，又总是那么善解人意。我恨你的优秀，恨你的善解人意。”

最后的结局当然是林若风被愤怒的董事长父亲暴揍一顿。

直到某一天，林若风在电视上看到网球比赛，那种全场观众屏息凝神就为一人发球时的场景深深地映入他的脑海里。他内心涌现出一种想打球的冲动。

当晚，林若风就跟家人说要学习打网球。

父母觉得林若风整天吊儿郎当，游手好闲，适当的运动能够磨炼他的品质，也可能改变一些他焦躁的性格。于是同意了他的要求。

父亲还请来ATP最好的教练来帮助他梳理网球的战术理念，为他配置了大满贯得主的同款装备。

林若风从未感到心情如此畅快。

更重要的一点是他赢了哥哥林若贤。

这一天，林若风永远都不会忘。那是个风和日丽的周末，忙完公务的父亲看到林若风正在别墅花园的草坪上进行网球训练。他突发奇想，叫上长子林若贤，让兄弟两人打一场非正式比赛，谁赢了就有奖励。

其实，父亲心中有个小算盘，他虽然认为适当的体育锻炼可以强身健体，但林若风明显属于过度训练。尽管次子不如长子那么聪慧，但毕竟是自己的孩子，将来他也有义务辅助长子继承自己的事业。

因此，父亲的本意是通过比赛让林若贤去挫挫林若风的网球热情，让林若风知难而退。没想到，林若贤仅仅打了十分钟就溃败下来。

父亲脸色铁青，谁都没想到林若风会战胜林若贤，包括林若风自己。林若风挥舞着网球拍，向林若贤咆哮，仿佛在诉说多年不满的郁结。

“我的梦想就是打败你！”

自此，林若风更加痴迷于网球。对他而言，网球是他的希望所在，谁都无法在网球的世界战胜他，哪怕是其他方面远胜于自己的林若贤。

No.27

林若风每一次的进步都耗费着巨大的体力和财力，他的“暴力网球”式打法，总透露出一股要置对手于死地的狠劲。但是，他还无法做到像当今世界网坛巨星纳达尔一样，心无旁骛。因为林若风有心结，而这个心结正是他的哥哥林若贤。

昨天，几年未见的哥哥林若贤突然出现在林若风面前。

林若贤说，父亲要求林若风转学，去国外念MBA（工商管理硕士）。

“为什么？”林若风不满道，“有你不就够了？”

“弟弟，那么大的家族企业仅靠我一人支撑是不够的。你已经长大了，不要再这么任性好吗？”

林若贤并没有说谎，商场如同战场，尤其是在华尔街。父亲已经老了，很多业务上的事情，林若贤自己无法同时兼顾。

林若风笑道：“我任性？从小到大，我哪件事不是听你们的！现在，我只想打网球，难道就这么一个愿望你们都要阻止吗？”

“林若风，据我了解，国内男子网球手要想进入世界网坛很不容易。这是一条非常艰难的道路，没有超强的天赋和意志力是很难走得下去的。”

“难道你没听说过李娜、彭帅吗？”

林若风举出我国著名网球运动员的典型案例，希望林若贤明白，自己并不只是把网球当作爱好，而是看成事业！

“我承认这些运动员的伟大，可是在塔尖的人物毕竟少之又少，万分之一的概率才能成功，这很难。我想这点，你比我更加清楚。”

“没有数以万计的分母，如何才能证明分子的伟大。哪怕我拿不到冠军，我也会继续下去！”

林若风说完这句话，自己也愣了一下。冠军，是他以往唯一追求的目标。但今天的自己是怎么了？竟然说出这么一番话。莫非是受到了楚河那小子的影响？

林若风脑海里浮现出楚河的身影。

“网球就是我的快乐，它如同呼吸一般，对我来说必不可少。”

No.28

“你一定要回去！”林若贤表明了最后的态度。

“如果我拒绝回去呢？”

林若贤这次斩钉截铁地说：“父亲会要求校方撤销你的学籍，冻结你银行卡账户，直到你回心转意为止！”

林若风将球拍重重摔向地面，拍子被摔断成两部分。

林若风说：“你和父亲说一下，派一个选手。如果他能打赢我，我就跟你回去；打不过我，你们就回去。”

林若风捡起摔断的网球拍，径直从林若贤身边走过。他再也不想忍受任人摆布的滋味。

林若贤默默看着自己熟悉又陌生的弟弟，心中不是滋味。

No.29

中午学校食堂，楚河和米雪正吃着午饭。米雪盯着楚河足足有三分钟。

楚河摸了一下自己的脸颊，说：“我脸上有脏东西？”

“不是！”米雪疑惑地问道，“早上你竟然和林若风打招呼了？”

楚河继续吃着拌面，回答说："对啊。"

"他不是你的对手吗？这个卑鄙小人，离他越远越好。"米雪有些气愤，她还在为之前林若风的行为而感到愤怒。

"我虽然不太喜欢林若风这个人，但他对网球的热爱是毋庸置疑的。我只是觉得如此有天赋的选手，一旦出现某方面的致命失误，那他就会像网球手托米奇（澳大利亚职业网球运动员，年少成名，天赋极高，被认为是澳大利亚网球界的希望之星，从2012年起负面新闻不断，让他疲于应付）一样，极速退步。"

米雪瞪大眼睛，她不是很懂楚河的话，只是觉得，如果林若风退步的话，楚河不就更加容易成功吗？但听楚河这语气，他似乎很同情林若风的遭遇。

米雪只能向楚河竖起了大拇指，赞叹："你真棒！我越来越崇拜你了！"

"为什么？"

"能够如此真心诚意地关心竞争对手，这是常人难以做到的。"米雪眯着眼睛一脸迷恋地看着楚河。

No.30

最近区队的常规训练课，以分组对抗为主，最后选取三名进入市级的“挑战者杯”大赛。

当然，关于基本人选大家都心知肚明，毕竟追上种子选手不是一朝一夕所能做到的。比如，Mr.陈领导的S区的三位选手分别是楚河、林若风，以及增补上来的马仔。

但是，过程没有想象的那么简单。

楚河和林若风是区队公认的最强种子选手。然而，在队内教学赛上，林若风不但完败给楚河，还在决胜盘抢七的时候，输给了之前从未赢过自己的马仔。

尤其是马仔在赛点直接发了一个ACE球，结束了战斗。

要知道，在以往的比赛中，面对马仔这样的大力发球，林若风通常的做法是用更快的速度击打过去——一直以来，他都是区里最好的接发球选手。

场外观赛的教练Mr.陈眉头紧锁，拍了一下林若风的肩膀，对他说：“放松点儿，你真实的水准我知道。”

林若风没有答话，只是点了点头，拿起拍子走向场边休息。

No.31

区队的运动员休息室很大，林若风没有立马换衣服，而是找了一个角落，独自沉思。他用自己有些颤抖的手臂，使劲敲击着地面。然后，他躺在了地上，开始抽泣。

林若风清楚，刚才和马仔的比赛他不够专注，脑海中总是浮现出哥哥林若贤的影子。

影子越来越大，像是要压倒他。

其实刚才有好几次，林若风根本无法看清马仔的来球方向，只是凭着感觉胡乱地挥拍。

林若风情绪低落时，楚河却出现在他身后，递上纸巾。

林若风擦干泪水，问："喂！你什么时候进来的？"

楚河回呛："在你来之前的几分钟。"

"那我的丑样子，你全部看到了？"林若风有点儿心虚，他将头埋进大浴巾里。

楚河拍了拍他的肩膀说："是不是碰到了挫折？说出来，让我高兴一下！"

林若风说："一边待着去，不关你的事！"

"到现在还嘴硬！不过，有时候我还是挺羡慕你的。"

"少来！你羡慕我什么？"

"羡慕你能够轻而易举地成为舞台的明星；羡慕你在Mr.陈强度那么大的训练之下，还可以轻松自如地大力抽球！"

"真没想到网球优雅技术的代表楚河，竟然也会羡慕我这种力量派？不过，我也挺羡慕你的。上次，你在体力耗尽的情况下，竟然还可以打出那么漂亮的截击球，真让人匪夷所思！”

“所以，你是准备放弃自己的风格，加入我的阵营中？”

两人异口同声地说：“不！”

No.32

天色渐黑，星辰散落在银河之中，楚河抬头望天，若有所思：“最近，我看了一部电影，里面有一句话让我印象深刻——梦想让生活得以忍受。其实，网球即生活。”

“什么？”

“这句话的意思是，有梦想的人才能够忍受现实生活中诸多的不满。你不觉得这句话很赞吗？”

楚河拿起自己的网球包，走出更衣室：“还有！我拜托你认真点儿好吗？伟大的职业网球手必定有伟大的对手才能衬托出伟大。你要是一蹶不振，我还怎么伟大？”

林若风将球扔向楚河的后背，骂道：“说清楚，谁才是伟大的网球手？”

楚河摸着背，笑道：“这样才好嘛，熟悉的暴力球手林若风又回来了。”

今晚的楚河和林若风都有些不一样。

No.33

林若贤将这场比赛放置到专业级的硬地赛场，观看的人数也不少。

Mr.陈、楚河、马仔等教练员、运动员以观众的身份坐上看台。

赛前，林若贤让林若风签订了一份输赢合同。

林若风冷笑道："你现在是对自己的亲人都要谈判吗？"

林若贤说："不，我只是想让你知道，君子无戏言。"

林若风说："放心吧！我一定会赢，就像当初打败你一样。"

但是，当得知林若贤派出的对手是澳大利亚网球手蒂吉时，林若风心中犹如万马奔腾过草原。

看台上，Mr.陈问楚河："你觉得今天谁会赢？"

米雪拿着资料册，抢先回答："当然是蒂吉啊！他可是参加过澳网青少年组的人啊！哎哟，还好帅呢……嗯，不过，还是没有我家楚河帅。"

楚河咳嗽一声，有些不自然地说："蒂吉和我们等级不一样。但这场比赛将决定林若风的去留，对于一个极度渴望胜利的人来说，也许会有让人意想不到的结果。"

Mr.陈点了点头："我相信林若风能胜。"

No.34

双方运动员进场。

蒂吉满不在乎地向林若风打招呼："让我看看你有多少潜能。"

林若风抬起拳头以示回应。

比赛进行得非常流畅，二十分钟不到，双方已经打了六局，互保发球局，比分3：3。

然而，到了第四盘。林若风的状态有所下滑，被蒂吉抓到了一个破发点（网球术语，指在对手发球局中，如果再得一分就可以取得胜利）。

尽管林若风拼命挽救，但依然丢失了发球局。

之后，双方都保住了自己的发球局。

真的是无懈可击啊！Mr.陈看到蒂吉的发挥不由感叹道："林若风的球速已经很快了。但蒂吉的球速更快。这分明是林若风的2.0版！"

米雪笑道："教练，你刚才不是说林若风会赢吗？怎么又开始表扬起蒂吉了？"

Mr.陈回答道："正是因为无懈可击的接发球，让人觉得一切都像工业流水线般的齐整，但如此也少了一些美感。林若风看到蒂吉，就像是看到了加强版的自己。但若是能看清自己，就会找到自己的漏洞，也就找到了蒂吉的漏洞！这场比赛很有意思。”

Mr.陈话音未落，林若风又丢了一分。

米雪揶揄：“可是这次的比赛是三盘两胜，如果林若风再输一盘，他就输掉了整场比赛啊！那么，林若风就要回到国外读书，楚河不又变成了‘独孤求败’吗？哈哈！”

No.35

赛场上，林若风双手叉腰，脚步沉重，他回头看向场外，发现哥哥林若贤没有因自己比赛落后而感到喜悦，而是略有紧张地看着自己这里。

这时，一向低调沉稳的楚河大喊：“林若风，不要忘记我和你说的话。”

林若风咬紧牙关，他有意识地向球场两侧跑动，以舒缓脚部的肿胀感。

“网球即生活。”林若风想起了那天与楚河对话的关键词。

生活是瞬息万变的，但能够忍受生活，就是忍受了这种变化。

随后，林若风极为罕见地打出了网前截击球，这应该是楚河惯用的战术。对面的蒂吉有些意外林若风的这个非常规来球，他甚至都没有移步去追这个球。

“网球即生活，但生活并非即网球！”

林若风趁势反超比分，总比分达到1：1。看台上的观众按捺不住激动之情，他们为林若风振臂高呼，鼓劲加油！

这场比赛就像两个大力士在互扇巴掌。蒂吉一个压线重球打过来，林若风丝毫不退让，直接将球原路接回去。没有长短，没有旋转，只是一种耐力的比拼。

但此刻的林若风如有神助，他的发球保持着非常高的赢球率，随即将第三局比赛拖入抢七。

此刻蒂吉的体力也到达了临界值。他已经无力争取胜利，以2：7速败。

获胜的林若风欣喜若狂，他冲向看台，双拳直指天空，眼含热泪地大喊了一声：“耶！”

楚河向他竖起了大拇指。

米雪表情不太自然：“楚河，林若风赢了比赛，又学了你的招数，是不是对你不利？”

“傻姑娘！”楚河笑道，“他学我，我也可以学他啊！赛场上又没有规定，这个动作只能我做，不能他做！”

米雪这才心满意足地点点头：“其实林若风的比赛蛮精彩

的。不过，比你还差那么一点儿呢！”

林若风回到场边，环视四周，发现哥哥林若贤已经退场了。他耸了耸肩，继续和伙伴们庆祝。

No.36

赛场外的停车场里，数十位身着黑色职业装的保镖守候在一辆炫酷的黑色保姆车前。

见到林若贤拿着公文包健步走来，保镖们身体向前倾45度，齐声说道：“总裁好！”

林若贤点点头，向车窗内的一位长者挥了挥手。随后，他拉开车门，坐进了副驾驶座位。

“他还是不愿意回家吗？”

说话的老人一身白色西装，即使戴着黑色墨镜，也无法掩盖他那苍老的容颜。

林若贤答道：“对不起，是儿子没用！没能让弟弟回来接手家族企业。”

此时，赛场的大屏幕还在滚动播放林若风拿下了赛点的最后一分。

老人抬头看着大屏幕上小儿子喜悦而又激动的表情，说道：

“林若贤，你弟弟好像瘦了一些。”

“是的，父亲。瘦是瘦了，但人更加结实了！”

“唉！罢了罢了！”老人摆手对林若贤说，“你的心愿达成了，若风再次坚定了自己的梦想！只是可惜你以后在公司里要更加辛苦了。”

回想起弟弟当年那渴求网球的眼神，林若贤笑道：“梦想让生活得以忍受。经商是我的梦想，不辛苦！”

父子两人相视一笑。

真希望林若风能明白他们的良苦用心。

第六章　惨遭误会

果然，在训练期间，楚河和林若风的双打组合漏洞百出。他们就像是被绑上双足的失明者正试图穿越那复杂的迷宫。这根本就是在痴人说梦！

No.37

放学后，明格中学就像是烧开了的火锅汤底，同学们就像是冒着泡的底料，纷纷向外走去。

走在最前面的是戴着鸭舌帽，尽量把帽檐放低的楚河。

有人在他背后窃窃私语：“楚河这也太拼了吧？一放学就去体育馆训练！”

楚河露出苦笑，他摸着肚子快步走向宿舍：打热水，拿出柜子里的方便面，撕开调料包，倒水，将厚字典压住包装盒缺口一角。

做完这一系列动作后，楚河将塑料叉含在嘴里，静心等待三分钟的流逝，好让泡面味逐渐散开。

如同网球的对墙训练，楚河喜欢这份孤独与闲适。

正当他掐准时间，欲掀开泡面的盖子时，“砰”的一声，室友黑皮撞开了寝室门，他一边听着重金属音乐，一边比画着某种流行街舞的手势。

黑皮看到楚河在寝室，就像机器人一般，走到楚河身边问：“楚哥，今天怎么没练球？”

楚河没有回应黑皮的问题，继续搅拌着他的泡面。吃面就如同打网球，一定要在某个关键的时刻开吃，过早或者过晚都会影响到最佳口感。

此时，另一室友马仔携篮球满身臭汗地进了寝室，他也有些意外地看着楚河。

也许在他们心目中，楚河是一个不需要回寝室、只需躺在球场里的超人吧！

马仔向楚河打了一个照面，捞了一口汤面说：“好吃。”

接着，他拍了拍楚河的肩膀说：“我只喝汤。”

楚河呆呆地看着只剩一半的汤面。

趁楚河还没有爆发，黑皮及时把马仔拉走，说道：“社长，慢慢享用。我带马哥出去转一转。”

楚河摇了一下头，从柜子里又拿出了一盒泡面，重新倒水，撕调料包，将字典盖在碗面上。

为了缓解有些不悦的心情，楚河用破旧的MP3（音乐播放器）播放了最近喜欢上的一首歌。

故事开始在最初的那个梦中
满天星光只因我而闪烁
我看到平凡的我也会
有一刻不普通
前方是未知
迎面是海风
塞壬的歌会诱人忘记初衷
他们说每一个风浪
都能够淹没我
可我会像奥德休斯一样
朝着心中的方向
哪怕众神会在彼岸阻挡
当我需要独自站在
远方的沙场
武器就是我紧握的梦想
而我受过的伤
都是我的勋章……

轻盈的旋律才刚响起没多久，一只网球就直接往楚河身上飞来。尽管不是身处赛场，但楚河依旧靠网球手的灵敏嗅觉成功躲避了来球，只是刚刚泡好的方便面被打落在地。

楚河很少开骂，但这次实在是太过分了！

来者不是楚河的蠢室友们，而是楚河在明格的最大竞争对手林若风。闻声赶来的马仔、黑皮阻挡在林若风前面，拒绝他进入室内。

马仔说：“你来干什么？”

林若风说：“手下败将。你配和我说话吗？”

黑皮紧紧拉住马仔，以防事态朝更严重的方向发展。毕竟，谁都知道林若风的金融家族是惹不起的。

林若风走到楚河面前说：“今天怎么不训练？”

楚河答：“饿了。”

“这可不是你楚河的作风。”

马仔说：“楚河训练过度，饿得慌，不行吗？”

林若风挠着头皮，说道：“我不是说过手下败将不配和我讲话吗？”

马仔说：“你……看来我今天不教训你一下，传出去别人还以为我怕事呢！”

楚河将马仔挡在身后，问：“林若风，有什么事直接说！你也能感觉到，这里不欢迎你。”

“不要紧张，我只是过来看看你。不要忘记，我们现在都要代表区队参加市级‘挑战者杯’比赛。我不允许有任何失误。”

楚河说：“我也是。”

No.38

林若风走后，马仔有些生闷气，说：“有什么了不起，不就是有一个土豪老爹吗？”

“林若风的成功绝不是有一个土豪爹那么简单，他总会在别人看不到的地方默默努力。每次，我练习的时候，都能看到他的身影。也许，网球对他来说，是生活的全部吧！”楚河悠悠地说道。

马仔有些不服气：“那你呢？”

“其实，网球对于我们也是如此。你只有不断重复已有的动作，才能够在赛场上发挥最好的状态……”

楚河话说到一半，就直接走出了寝室。因为此时在宿舍楼下，米雪正拿着奶茶等他。他拍了拍马仔的肩膀，示意那碗泡面作为安慰就送他了。

原本不悦的马仔，脸上立刻笑出了褶子。

楚河叹了一口气，泡面始终没有吃到。

No.39

第二天的区队训练课上，Mr.陈发布“挑战者杯”的参赛名单，楚河、林若风毫无疑问是此次比赛的主力单打。

但令人意外的是，男子双打楚河和林若风也被分到了一组。

“教练，你是认真的吗？还是在开玩笑？”楚河找到Mr.陈质问，“我和林若风球风相克。在一起组队打球不可能会有好的配合。”

“不是好的配合！是根本就没法配合！Mr.陈，你把我们放在一起绝对是1+1<1的结果！”林若风也极力要求分开。

“是吗？”Mr.陈非但没有改变主意，反而打趣道，“我看你们刚刚的说辞配合得就很好！先打打看吧！”

果然，在训练期间，楚河和林若风的双打组合漏洞百出，他们就像是被绑上双足的失明者正试图穿越那复杂的迷宫，这根本就是在痴人说梦！

“这球你为什么不接？”

“明明更靠近你这边好吗？”

一个过网即坠的回旋球，楚河和林若风竟都没有意识到要去接球，他们都认为对方会去回球。

有一些好事者更是一连发了许多靠近两人中间位置的球。

结果两人撞得鼻青脸肿，就像是压扁了的西红柿。

在训练比赛中，楚河与林若风的第一次双打比赛一分未得。这也创了区队内部的一个纪录。如果将视野放置到全球网球巡回赛中，一分未得的男子网球双打组合几乎不存在。

林若风更是将手中的球拍砸了个稀巴烂，以示抗议。

两人互相对看，像是要吃了彼此。

楚河原本也想摔拍，如同当年俄罗斯网球手萨芬那般，但一想到自己家的经济条件，又将拍子收了回去。

“喂！”

楚河回头怒视林若风，问：“又怎么了？”

“刚刚那个球你真不觉得你接会比较好吗？”林若风轻描淡写地说道。

马仔见两人又有些剑拔弩张，连忙上前劝和。

不过，这次轮到楚河失控了。无论马仔如何拉住他，楚河依旧能挣脱开。

他跑到林若风面前质问：“你没看到那个球是下旋球吗？下旋球有强大的俯冲力，你的力量刚好可以回过去。如果我来接，球速会慢很多。”

林若风说："正因为是下旋球，我接球若吃不准它的落点，即使回过去要么下网，要么出界！"

楚河说："难道你连落点都判断不了？"

林若风说："难道你连接发球的力量都没有？"

No.40

在场边观看训练赛的米雪按捺不住紧张的情绪，她问Mr.陈："教练，把他们这样安排在一起真的好吗？"

Mr.陈笑道："高手只有与高手在一起，才会有所提高啊！小雪，你可曾见过楚河这样生气？"

米雪想了一下，回答："没有吧！"

"我也很少见林若风生气。"Mr.陈说，"也许这就是两种网球观念的碰撞，但它们势必会融合在一起发出耀眼的光芒。"

"可是教练，这两个人真的能相互配合好吗？"

米雪指向场边的记分牌"6∶1"的盘分。咦，他们什么时候竟然得了一分？

米雪似乎明白了Mr.陈的良苦用心。

可时间短暂，他们真的来得及吗？

No.41

周末，明格中学安静如画。校园里的香樟树阻挡了寒冷，也吹散了无数的愁思。阳光从香樟树枝叶缝隙里倾泻而下，射进明格男生宿舍楼208室。

马仔缩在被窝里，眉头微皱。时针刚指向九，208室的大门就传来一阵阵声响，像是有人在用网球撞击门的声音。

马仔原本不想理会这看似无聊的恶作剧，可声音一次比一次低沉。万一门被砸了个大窟窿，那身为寝室长的他还得赔偿。

马仔长叹，如同年迈的长者预备赛跑，颤巍巍地打开门，他刚想骂脏话，却被立在门口的林若风先发制人。

“几点了，不训练？你是准备退赛了吧？”

林若风的连环追问，瞬间让马仔清醒不少。马仔强压火气，说：“喂！今天是周末，我爱睡到几点就睡到几点！谁会陪你这个疯子去打球啊？”

“手下败将，我不是来找你的。把那个姓楚的小子叫起来训练！”林若风说完，并不给马仔过多的思考时间，径直进入宿舍，拉开楚河的被子。

瞬间，两人都有些惊讶。楚河并未在寝室睡觉，他们发现在楚河前天吃剩的泡面盒下压着一张字条：

我已经去训练，不要吵醒马仔。

——楚河

马仔一看，嘲讽道："你不也是他的手下败将吗？"

林若风默默将纸揉成团。

No.42

"楚河！你当时不在现场，林若风那脸就像是被炭烤过一样。"马仔还在绘声绘色地叙述早上发生的事，楚河粉丝团团长米雪听后露出笑意。

米雪说："林若风太自以为是了。好像全世界就他一个人早起训练一样。我们家楚河每次都是第一个到训练场的！"

"是要好好教训这小子一下！太狂了！"马仔附和道，"今天我实在是太高兴了。再来一碗饭，米雪是不是该你请客？"

"为什么要我请客？"

两人像小鸟般叽叽喳喳，说个不停。楚河没有理会，而是自言自语道："也许，他比我来得更早吧？"

米雪问："楚河？在想什么呢？"

楚河说："今天我不是第一个到的。在我去之前，就已经有一个百宝力的网球包放在那儿了。”

“那也不见得是林若风的！”马仔阴阳怪气道。

楚河说：“纳达尔同款网球包。”

马仔点头：“在明格，也只有他才能买得起这种网球包吧！”

米雪狠狠踩了马仔一脚：“说什么呢？买了纳达尔同款网球包，就会成为纳达尔吗？那我穿了一件明星同款衣服，我就成为明星了？打网球要靠实力，楚河的实力才是最强的！”

第七章 小心，有叛徒

之后发生的一件事情足以让“话痨王”马仔住口。米雪竟然从伍涩身后走了出来。她低下头，脸色微红。见楚河神色异样，米雪连忙从包里翻出一点儿消食片放到楚河身前。随后，她又躲到伍涩身后。

No.43

饭后，楚河和马仔准备去训练场练会儿球。可是场内林若风和他的贴身管家里克尔正霸占着两块球场。

“欺人太甚，两个人还敢霸占两块球场？我去把社团成员找来，看看谁才是明格的老大！”马仔气愤道。

“不用找了。你看那边！”顺着楚河指的方向，他们看到了区队教练Mr.陈。

大家不禁纳闷，是发生了什么事情让Mr.陈放弃周末休息时间也要到训练场上来呢？

里克尔瞪大眼睛说：“林若风的专用球包不见了。”

“不见就不见了，有什么大不了的！自己东西都看不住，真是个笑话！”马仔揶揄道。

“林若风很早就到了训练场，中间找过楚河一次。但楚河留了一张字条说，去训练场了。之后，等林若风回到训练场时，百宝力网球包就不见了。”里克尔在“百宝力”上加了重音。

马仔怒向里克尔：“你的意思是说，这是楚河拿的？”

里克尔不作声。

楚河走到林若风面前，直视他的眼睛，说：“我来的时候，看到长凳上放着一个百宝力网球包，那应该就是你的吧？后来，我就去训练了。”

林若风说：“我没说是你拿的。”

“好了！都别争了！”Mr.陈有些不耐烦地说，“现在最关键的是要准备后天的市级‘挑战者杯’双打预赛。”

“可是再从西班牙买专用拍子运到国内已经来不及了。”里克尔如是说道。

“你也太讲究了吧？随便用一个拍子打预赛不行吗？”马仔露出不可思议的表情。

林若风的球拍和常人的不一样，他是专门从国外购进的。

里克尔解释说：“林若风追求网球的暴力美学，一般拍子无法承受那种瞬时的力度，只有特制的27英寸（1英寸=2.54厘米）

长度，穿线是16×19模式的拍子才能承受住他的大力接发球。”

马仔大笑道：“少给老子吹牛！就只是一个网球拍嘛，有那么神奇吗？”

在马仔大笑的同时，林若风夺过马仔的球拍，直接向无人区大力发球。

瞬间，球拍网线被打出破洞，而发出的球则犹如出膛的子弹，以每小时约160公里的速度射出。

“你神经病啊？”马仔看着自己断了线的球拍，大怒，要不是其他几位队友劝阻，马仔就直接上去和林若风打架了，“你在嚣张什么？不就是有几个破钱吗？”

林若风叫里克尔拿出升级版的球拍，补给马仔。

“用这个新拍吧！你这个球拍应该用了小半年。拍面比水平斜15度，再用下去你的击球点会有误差！”

林若风没有因为马仔的挑衅而有过激行为，相反他对马仔耐心解释道：“我追求的是对事物的精准度，这一点和你的老大楚河是相同的。”

此时，米雪上气不接下气地从远处跑来说：“我看到林若风的球拍被一个穿红色外套、戴墨镜的人拿走了。他往学校小树林里走去了。”

明格中学有一片隐秘之地，即主教学楼明悦楼北侧的树林，那里终年阴冷。

据传，很久以前那里是一片刑场，也不知是真是假。

不过，的确鲜有师生在此地逗留，只有一个头发常遮住眼睛的校园护林员在此修剪花枝。

林若风寻找球拍心切，第一个冲入树林中。很快，他便在里面迷失了方向。

“学校的树林又不大，怎么就出不去了呢？”他嘀咕道。

香樟树随风沙沙作响，阳光渐微。林若风额头直冒冷汗，脑海里不时想起一则传闻——在这片树林里，只要风一吹，就会有模糊的身影在四周飘动。

林若风扯开嗓子向外喊叫，同伴们的回应声此起彼伏。近在眼前，但就是无法见面。这也太诡异了吧！

林若风还发现林子里有一座废弃的网球场，心想：“谁敢在这里打球啊？”

突然，从他后面伸出一只手，林若风吓得大叫起来。

“原来拼命三郎也有害怕的时候啊。”楚河揶揄道。

林若风有些不服气地吼道：“谁都有害怕的时候！”

“还是先出去再说吧！我记得一直往左走有一个出口。”

“等等！找到了！”林若风指着挂在树上的百宝力网球包，

说，“可恶！是哪个无聊的人干的？”

“现在怎么办？”

“还能怎么办？把它拿下来喽。”林若风捡起一块石头，长呼一口气，然后奋力一投，树叶纷纷落下，可网球包纹丝不动。

林若风接连尝试了几次，都无功而返。

“喂，你这样根本就行不通！太浪费力气了！”

“那你说怎么办？”

楚河指向一根树枝说：“根据受力分析，你只需要将那根树枝打断，物体就会垂直落下。”

“你早不说？”林若风像是看傻子一般，瞪向楚河。

“但是，若真的将那树枝打断，会影响到香樟树的生长！我不想做一个被学校环保社憎恨的对象！你会爬树吗？”

林若风摇头。

“也对，像你这样的富家子弟，几乎没有童年的乐趣！”楚河说，“蹲下！”

“什么？”

“蹲下！让我上去，不然怎么上树？”

“你要踩着我的背上去？”林若风有些犹豫。

“快点儿！等一下天都黑了！总不能让比丛林更阴暗的护林大叔帮你取吧？”

林若风只得弯腰用力托楚河上去。

“好了没有？”林若风有些坚持不住。

“我说，要是你打球再柔和一点儿，是不是会变得更加厉害？”楚河一边拨弄树枝，一边慢条斯理地拖出被枝条缠绕的网球包。

拿到包后，林若风并未将楚河放下：“要是你说话像你打球般柔和，我也许会交你这个朋友！”

“你这是恩将仇报！快，把我放下来！”

No.44

黄昏下，马仔和里克尔还在训练场等各自的老大。

“据说那边还有一个废弃的网球场！这两个人不会是一时兴起，就在那边开战了吧？”

“怎么可能？若风对场地也有一定要求，不像你们会打野球！”里克尔拿着纸巾，不断擦拭额头的汗，“若风，不会被楚河害死了吧？”

“你说什么呢？我怎么担心是林若风把我楚哥弄伤了呢？”憋屈一天的马仔见一个小喽啰都敢和自己呛声，不由恼怒道，“我打球的时候，你大概还没拿过拍吧！”

里克尔冷笑："既然你打了那么久，为什么水平还如此一般呢？话说，你能够撑住我们若风三个来回吗？起码我做管家这么多年，还事业有成呢！"

No.45

"都回去吧！"远处传来教练Mr.陈的声音，"大家都回去吧！"

"可是楚哥不知所终，林若风的网球包也没找到，这样回去好吗？"

Mr.陈说："一切都会好的。相信我，都回去吧！"

见Mr.陈神情如此坚定，大伙儿都纷纷散去。

只有躲在教练身后的米雪脸色渐红，她问："教练，这样做真能促进两人关系和谐吗？"

其实，早上，Mr.陈授意米雪去偷林若风的网球包。起初，米雪说什么也不乐意，但Mr.陈说是"挑战者杯"大赛在即，只有这个办法才能让这两个人放下心中的芥蒂。

为了集体，米雪豁出去了。

Mr.陈说："放心吧！只要这两个人齐心联手，前途无量。"

No.46

晚上，林若风和楚河坐在学校附近新开的拉面店，也许是太饿了，两人都不怎么说话，只顾埋头吃面。两人都喜欢吃辣，轮流交替拿辣酱。

吃完饭后，林若风说：“别老是吃那种方便面，对身体不好！”

楚河答说：“谢谢！比赛加油！”

No.47

后来，楚河与林若风的双打组合接连力克强敌，打入市级“挑战者杯”的半决赛。

“这一下真涨了咱们明格中学的士气啊！”马仔说道。

马仔虽然早早被淘汰出局，但他性子直爽，作为网球社副社长，他是发自内心的高兴。

若是这对明格双子星拿到最后的冠军，学校肯定会给我们批社团活动经费了。如果有了活动经费，我们就可以买一些网球护腕、头巾等“奢侈品”了。明格网球社将会成为各社团中的“兰博基尼”。

马仔还在漫无目的地遐想着，不料楚河的接发球正擦着他的头皮飞过。

“想什么呢？”楚河有些不悦。

马仔摸着后脑勺儿，不由有些后怕。天哪！这可是每小时160公里的球速啊。要是正中我的鼻梁骨，那我可就要面瘫了。

“喂，能不能小心一点儿，楚河。好歹我也是副社长。”马仔说。

训练两个小时后，米雪带着满袋子的饮料来到场边说：“休息一会儿吧，来喝奶茶，今天本姑娘请客！”

一听到有免费的饮料喝，队员们纷纷放下拍子，跑到场边。

米雪笑道：“排队排队，等等，你们是不是忘了那句口号？”

为了给楚河加油，昨天米雪特意编排了一个口号。

大伙儿看看米雪，又看看楚河，恍然大悟说：“楚河汉界，勇争先；画地为牢，爱楚河！”

一番嬉闹过后，米雪拿着一杯特制的奶茶跑到仍在训练的楚河面前，说：“冠军，休息一会儿吧！”

楚河没有理会米雪的好意，而是将马仔的平击球大力抽了回去。

“楚河，我说话，你听到没有？”

直到米雪挡住楚河的回球位置，他才停下脚步。

米雪拿出准备良久的奶茶说：“快喝吧！”

“里面有奶精，会影响到运动机能。比赛前，我只喝矿泉水。”楚河摆出一副冷漠脸。

“不就是一杯奶茶吗？至于吗？”米雪认为楚河是小题大做，她埋怨道，“难道我在你眼里只是一个跳梁小丑吗？”

见气氛有些尴尬，马仔跑过来说：“楚哥喝不惯奶茶，我来替他喝吧！”

楚河夺过奶茶，扯开包装袋，一饮而尽，随后将其扔到一边。

“这样你满意了吗？”

米雪捂着脸跑开。楚河则朝另一边径直走去。

马仔看着两人，疑惑地说道：“这对冤家又是怎么了？”

No.48

三天前，是米雪的十六岁生日。

早在三个月前，米雪就开始策划这场生日聚会。她只有一个目的，希望楚河能来。毕竟她在“楚粉”面前放过狠话：“我的生日，楚河不可能不来。”

生日那天，米雪将自己打扮成一个可爱的公主，蓝色的薄纱裙配白色的蕾丝花边，再搭配瓷白的半高跟鞋，显得落落大方。就连米雪自带毒舌属性的表哥都赞叹道：“我们的公主就像是一记完美的穿越球，扫过所有人的目光。”

即使如此，米雪的内心依然空荡荡的。

生日当晚，马仔率网球社成员来为米雪庆生。未见其人，先闻其声。马仔自带魔性的笑声又给了她一丝希望。

米雪像是在洗牌，一遍又一遍地盯着明格网球社的队员们。

马仔被看得有些不太自在，说：“他还在训练场上练球，应该不会来了！”

听到此话，米雪撇开众人，叫了一辆的士，直接奔向学校网球训练场。

No.49

眼泪未干，米雪哭花了妆容，站在楚河面前。

“楚河，今天是我的生日！”米雪压低了声音说道。

“我知道！”刚运动完的楚河坐在米雪身旁。

“那你为什么没有来参加我的生日聚会？”米雪皱起眉头，她盯着楚河棱角分明的下颌，像是要看穿楚河的内心世界。

“我要训练！马上就要比赛了！我不能因为一些琐事影响到整个备战期！”

“你浑蛋！我的生日是琐事吗？”米雪推搡楚河，“你知不知道我办这次生日聚会就是为了你能来？”

“你的生日，为了我干什么？”

望着米雪离开的背影，楚河在训练场上呆了很久。他紧紧捏着那只已褪色的网球。

其实，楚河早就为米雪准备了生日礼物——UD（费德勒）签名版的网球。那可是在大师赛上，楚河拼着小命从人群中抢来的。

然而，早上楚河看到马仔、林若风等队友们为米雪准备的高档香水、背包时，他放弃了参加米雪生日聚会的念头。

用马仔的话说，楚河若出现在米雪的生日聚会上那必定是万众瞩目的焦点。

可既然是焦点，送的礼物只是一只褪了色的网球，是不是过于寒碜了？

No.50

在楚河很小的时候，父母便离异了，母亲拉扯着他长大。

与其说拉扯，不如说是托管。母亲在纺织厂工作，起早贪黑，一天三班。

当时只有七八岁的楚河就被寄放在同样起早贪黑的小摊贩手上。他的童年是在卖馄饨的阿婆、卖油条的大叔甚至是卖葱的大姐姐身边度过的。

那些小摊贩如果有多余的没卖出去的食物都会分给这个瘦弱的小男孩吃。

楚河吃东西的时候，很快乐。当然，这种快乐是建立在某种卑微之上的。

一天，楚河看到弄堂对面的邻居家里买了一台55英寸的大彩电，这对家徒四壁的楚河来说是极具诱惑力的。他踮起脚尖扒着窗沿，想看清电视里到底播放的是什么。

电光石火间，楚河瞬间被电视屏幕上一个光头形象所震慑，光头正做着潇洒的反手挥拍动作。

没错，楚河第一次看的电视节目竟然是网球比赛。直到若干年后，楚河才知道那个光头叫阿加西，是美国职业网球运动员，世界网球界一度排名第一的厉害角色。

楚河没有将想打网球的想法立即告知母亲，而是悄悄去百货公司问了网球拍的价格。触目惊心的价格让他不断摇头。耳边只是响起店员那句提示：网球是属于高消费的运动。

可想而知，当经过多少个难眠的夜晚后，唯唯诺诺的小楚河决定跟母亲说要买网球拍时，需要多大的勇气呀！

勇气之所以为勇气，正是因为它的稀缺性。

这一次，楚河不敢向米雪送那份“微薄”的礼物。因为楚河明白，即使他能丢下所谓的尊严去做这件事，但米雪就能放下身段来接受这个礼物吗？

下午适应场地训练，在接完林若风的一个发球后，楚河突然倒在了地上。

一旁的马仔冲过来责备："林若风，平时训练你也这么玩命吗？楚河现在是你的队友，不是你的对手！"

"不关林若风的事……是我肚子疼！"

楚河捂住肚子，在地上不停地打着滚。

"你能不能稍微动一下脑筋！即使我发重球，以楚河的能力会接不到吗？你以为他是你吗？"林若风扶起楚河，"来，先在长凳上坐一下！你是不是吃了什么不干净的东西？"

马仔依然耿耿于怀林若风刚才的态度："要不是米雪嘱咐我，我能乱了方寸吗？咦……米雪！楚河，米雪给你的奶茶，你喝了吗？"

"喝了……"

林若风问："你中午吃了什么？"

"楚河一般在运动前除了喝一些维体饮料，基本不会吃东西的。"马仔说。

"那么只有奶茶了！"林若风若有所思地说。

马仔脸上写满了不高兴："瞎说什么呢？米雪会害楚河吗？"

"我没说害！只是就事论事！"

No.51

正当两人争论之际，场地的另一边出现了后天与楚河、林若风对战的对手。

“是他！”林若风站起身，轻声说道，“伍涩！”

“什么！你们的对手是伍涩？那个号称‘硬地赛收割机’的伍涩？这到底是什么签运呢？”马仔倒吸了一口凉气，“据说业界有‘北伍涩，南楚河’的说法！”

伍涩朝林若风他们走来，快速向林若风抛出一只网球。

林若风利落地接住说：“够狠！”

“够快！”伍涩笑着说。

“你们认识啊！”马仔不敢相信地看着林若风，他认为这个留洋少年在国内应该是没有什么朋友的。

“师兄，别来无恙吧！”林若风向大家介绍，他在国外训练时的网球教练曾经也指导过伍涩。因此，按辈分上说，伍涩是他的师兄。

打过照面后，伍涩看向头上直冒冷汗的楚河，问：“你就是楚河？看到我怕了？”

马仔气不打一处来：“我们楚河怕过谁？要不是他肚子疼，

都可以吊打你！”

之后发生的一件事情足以让“话痨王”马仔住口。

米雪竟然从伍涩身后走了出来。她低下头，脸色微红。

见楚河神色异样，米雪连忙从包里翻出几片消食片放到楚河身前。随后，她又躲到伍涩身后。

“走吧！”伍涩搂住米雪的肩膀，回头说，“那我倒要看看，后天是谁要吊打谁。”

No.52

“伍涩是林若风的师兄。米雪叛变了。楚河身体未痊愈！这比赛必败无疑啊！”马仔在大伙面前走了二十七个来回，将上述的逻辑关系重复了二十七遍。

林若风忍不住内心的暴躁感，直接将球扔向马仔，咆哮道：“你一个男选手怎么这么啰唆？”

“难道你们不担心自己输球吗？”马仔一脸惊奇地看着林若风，不禁疑惑，这个把胜利看得如此重要的选手，现在竟如此淡定！

“输就输吧！”林若风盯着自己的高档网球拍，平静地回答，“又不是没输过！”

马仔有那么一刻，认为生病的人是林若风："如果输了！我们社团经费哪里来？我们明格中学在区里的脸面何在？你让教练Mr.陈如何服众？"

"林若风说得对！我们只是打网球，何必想那么多？"

楚河原本发白的脸，渐渐有了血色。

"楚河！你身体好些了吗？"马仔问。

"吃过米雪给的消食药，好多了！"楚河欲起身做一些基础的挥拍运动。

但这么不经意的回答，吓坏了马仔："楚河啊！米雪已经是叛徒了！你应该小心叛徒，怎么还敢吃她给的药呢！说不定，她给你的奶茶就有问题！不是说不定，是肯定有问题。"

"米雪是不会害我的。"楚河如是说。

此时，马仔才重新意识到，生病的人的确是楚河！而且他病得不轻，还是把脑子都烧坏了的那种。楚河怎么能够再服用"叛徒"给的药呢？

两位"淡定哥"啊，你们这场比赛可是要上当地电视台体育频道的啊。万一要是输了……马仔不敢多想。

这时，林若风一脸严肃地看向正在训练的楚河说道："喂！你似乎打不了直线球了！"

楚河看着林若风，陷入沉默。

第八章　为你而战

Mr.陈说完这一大堆网球理论知识，不由得口干舌燥，舔了舔下嘴唇。周围的队员们纷纷点头，若有所悟。这些都是宝贵的网球战术经验啊！看到队员们崇拜的目光，Mr.陈嘴角露出一丝笑意，接过队员们准备好的水，一饮而尽。

No.53

整个下午，楚河都在练直线抽球。

结果毫无例外全部出界。

倒是几个学弟纷纷想和楚河打上一局，毕竟换作以往很少能够接到楚河的球。现在要是能侥幸得几分，那这个牛是可以吹一辈子的了。

楚河并不反感，他需要大量的练习来找回抽直线球的感觉。

“怎么回事？好端端的，怎么在这个节骨眼上球技开始退步了？”马仔对眼前发生的一切感到不可思议，在他看来，作为明格网球社精神象征的楚河是绝对不可能“江郎才尽”的。

林若风说："楚河，你打斜线穿越球试一试？"

令人意外的是，楚河的斜线穿越球与过去无异，简洁利落。

"楚河可能得了运动员经常会出现的布拉斯综合征，简单说就是对空间失去了判断！"教练Mr.陈不知什么时候出现在场边说。

"怎么会这样呢？"马仔被惊得一愣一愣的。

"引起这种症状的原因有很多，有心理原因，也有身体机能变化的原因。更有严重者像网球、高尔夫、棒球等类型的运动员会因为这个症状而放弃职业生涯。"

"可是楚河既然能够打好斜线小球，为什么就打不出简单的直线球呢？"马仔还是不明白。

"在网球的世界里，直线球往往比斜线球更加难打。一方面是因为过网高度，通常球网高度是中间低（0.914米），两边高（1.07米）。这就意味着直线球要有更高的过网高度，才能保证不下网。另一方面是球的飞行距离。网球场的直线距离为23.77米，理论上的斜线距离为25.15米。

"此外，直线击球不仅过网高度比斜线球高，而且飞行距离也要短于斜线球，这就意味着直线球的击球容错性要低于斜线球，对球飞行的弧线和旋转有更高的要求。如果从运动战角度来看，直线球往往是对手发反斜线后，强行正手拉拍，以此获得制胜分。因此，直线球肯定更难打。”

Mr.陈说完这一大堆网球理论知识，不由得口干舌燥，舔了舔下嘴唇。

周围的队员们纷纷点头，若有所悟。这些都是宝贵的网球战术经验啊！

看到队员们崇拜的目光，Mr.陈嘴角露出一丝笑意，接过队员们准备好的水，一饮而尽。

听完Mr.陈长篇累牍式的讲话，马仔悬着的心稍微落地：“既然Mr.陈分析得如此透彻，那肯定已经找到帮助楚河克服困难的方法！Mr.陈，快说吧，时间不等人。”

Mr.陈停顿三十秒，缓缓说出两个字：“没有！”

马仔的内心瞬间石化。

站在一边的林若风说：“楚河现在的问题是接球的位置。如果无法打直线球，那么只要他大角度侧身使击球角度发生偏转，那么有可能会打出直线球，但……”

“但如果是这样的话，那拉开的空当不就被对手更容易正手反斜线穿越了吗？”马仔痛苦地抓着自己的头发说道。

林若风点头：“你的球商终于在线了。可如果是双打，我用体力去弥补类似的回击穿越，这也不是不可能做到的。”

“做不到的！”Mr.陈拿起一只网球拍，站在发球点说，“如果是打重复落点，你让楚河如何去适应？尤其是伍涩的球，切线的弧度非常大。”

马仔陷入绝望：“那怎么办？难道我们只能坐以待毙吗？”

Mr.陈扶了一下自己的黑框眼镜，说：“解铃还须系铃人。研究资料表明，绝大多数得布拉斯综合征的患者，病因不在场内，更多的是心理原因。也许你们找到楚河的心魔，就能化解他的症状。”

No.54

当天晚上，林若风约米雪在西餐厅吃饭。米雪如约而至。

“我没有想到你会来。”林若风开门见山地说。

“为什么？是因为我站在伍涩的身边，你们就认为我是‘叛徒’吗？”

“难道不是吗？”林若风颇为绅士地为米雪倒了一杯椰汁。

只不过米雪并没有要喝的意思：“我是伍涩的表妹！我也是昨天才知道他的对手竟然是楚河！我必须要避嫌。我和我哥也好久没联系了。”

林若风这才明白了前因后果，他将楚河的遭遇和米雪大致说了一遍……

No.55

午夜十二点，明格宿舍楼内回荡起林若风的声音："楚河，高二（3）班的楚河！给我下楼！"

在林若风还未被西红柿、臭鸡蛋之类的东西打死之前，马仔拖着楚河下了楼。

马仔打着哈欠说道："明天就要比赛了！林若风，你疯了？"

"我找到让楚河打直线球的方法了！"

林若风说着，让里克尔开车直接送他们到了训练馆。

他又从后备厢取出奶茶说："先把它喝了吧！"

马仔强忍愤怒，他摸了摸林若风的额头，嘀咕道："没发烧啊！怎么就真傻了！"

楚河倒是将奶茶一饮而尽。

林若风将空的奶茶杯放到远处，随即对楚河说："直接打！"

一秒后，奶茶杯应声倒地。

"好！"马仔不禁脱口而出，且睡意全无。楚河刚刚打出了极具力量的直线发球。

见方法有效，林若风连忙督促马仔摆上所有空的奶茶杯。很快，楚河逐一将其击倒。

此时，马仔不由得向林若风竖起大拇指，道："高！实在是高！不愧是留过洋的学生！这种稀奇的方法都能想到！”

此时的楚河犹如睡狮初醒，握紧球拍，恢复了往日的自信，他非常感激地看着林若风。

“我先声明。这办法不是我想出来的。你要感谢的人在那儿！”顺着林若风的指向，楚河看到了他最熟悉的陌生人，米雪。

林若风向马仔使了个眼色，借故离开。

No.56

午夜的明格早已进入了黑夜的梦乡，路灯将两个人的影子重叠在一起。

几乎是同时，两人说出“对不起”三个字。随即又陷入了沉默。

楚河率先打破沉默，说：“是我不好，我太想赢下明天的比赛了。结果，忽视了身边人对我的善意。”

“没事。但我必须要强调一点，我不是叛徒！”

“我知道！”

“你怎么知道？”米雪有些吃惊。

楚河笑道：“反正我是想象不出，除你之外，还有谁会用放‘奶茶’的方式来帮助我练直线接发球。你总不能告诉我，这都是林若风的主意？”

“可你不是练成了吗？”米雪有些小得意，“往往最简单的方式是最好的解决之道呢！楚河，你能答应我一件事吗？”

“你说！”

“以往每次遇到什么事，你都会躲起来，自己去舔舐伤口。我希望你能让大家来分担你的痛苦。如果把你的喜悦分享给我们，那就会有两份喜悦。如果把痛苦说出来，你就会减少一半的痛苦。”米雪低下头，脸有些绯红地说，“也可以找我来分担你的痛苦。”

“好的！”楚河点头回应。

“既然你答应了，那我也给你分享一个小秘密吧。其实，伍涩是我的表哥！”

“哦！”楚河不以为意，“原来是这样，难怪……”

“难怪什么？”

楚河故意向前走了几步，说：“那我也告诉你一个小秘密吧！其实，我为你准备了生日礼物。但我现在不想告诉你。也许等到我赢了你哥哥，我就会告诉你！”

“楚河！你这个浑蛋！”

No.57

市级“挑战者杯”半决赛如约而至。

Mr.陈和团队成员都站在嘉宾席包间里。米雪坐在楚河正前方的看台上，手里拿着一杯奶茶。

伍涩和楚河打了照面：“看来，你的状态比几天前好多了。起码可以跟我打五个来回。”

林若风在旁边说：“多年不见，师兄还这么毒舌啊！”

现场座无虚席，两边的观众都在为各自的球员加油呐喊！电视台的摄像机也被摆放规整，裁判、司线、球童都各就各位。

楚河拿球拍击打着网球。全场都安静了。

楚河将球高高抛起，侧身，用余光瞥向正前方，面带笑容地击出了第一个球……

No.58

赛后，米雪坐在MC（麦当劳）店里，她抿着嘴，点了两杯抹茶奶盖。她一回头，看到楚河正走过来，连忙向楚河打招呼。

楚河将礼物盒递给米雪。

“这不是UD（费德勒）亲笔签名的网球吗？楚河你考虑清

楚真的要把它送给我？我给你十秒钟考虑的时间。十、九、三、二、一，好了，这归我了！”

“哪有这么数数的！你数学是体育老师教的吗？”楚河嘲笑道。

“不，是网球老师教的！”米雪反复摩挲着UD亲笔签名的网球，“我一定要用最精美的盒子把它装起来，不，是把它供起来！天哪！偶像送了我他偶像的亲笔签名！”

“你喜欢就好！我还怕你不喜欢呢！”

米雪将这只网球紧紧攥在手里，即使在喝奶茶的时候，也不愿意放手。

她用实际行动告诉楚河，他送的生日礼物，自己很喜欢。

No.59

此刻，店里正插播体育新闻：“本台消息，本市‘挑战者杯青少年网球公开赛’半决赛获胜者已产生，岭南高中的伍涩、顾北以微弱优势战胜明格中学的楚河、林若风，获得决赛的另一张入场券……”

第九章　社团有难

林若风边唱边跳，时不时向粉丝发射出充满魅惑的“电眼”。如果说楚河是冰山式冷酷的帅，那么林若风就像是那不断涌入你心底的火焰，让你感到灼热、沸腾。

No.60

新学期开始，明格的网球场顿时热闹起来。

教室里，马仔被弟兄们推醒。他揉一揉惺忪的眼睛，打了一个大大的哈欠。

直到弟兄们再次确认网球场有响声时，马仔才像一只高速旋转且自带发光体质的陀螺，不顾高三自修课的纪律要求，一口气冲到了网球场内，结果气到要爆炸。

明格第一社团网球社的御用专场竟然被排球社成员霸占了！

浑蛋！要是放在过去，哪有你们排球社说话的地方。

马仔破口大骂：“喂！排球社的，你们是不是来错场子了，不知道这里是谁的地盘吗？”

排球社社长周子青听到马仔的投诉，就像是听了一个笑话，和自己的队员不禁大笑着调侃道：“你们网球社现在还受学校重视吗？你们社员自从那次市级‘挑战者杯’失败后，还组织过活动吗？”

面对周子青的连环追问，马仔有些心虚地说：“明格网球社是不会解散的！”

“那请问，你们贵社的楚河社长，现在在哪里？”

“姓周的，你这小子不要太过分了。”要不是被几位网球社的弟兄拦着，马仔很有可能冲上去暴打周子青一顿。

眼看战局愈演愈烈，米雪率自己的闺密团站在了中央。

“米雪，你来得正好！这排球社不讲道理，硬占着我们的场地，这分明是要砸场！”

米雪除了怕楚河以外，自幼是那种天不怕地不怕的性格：“喂！周子青！你要不要脸！谁说这场地一定是你排球社的？如果我健美操社需要征用呢？”

马仔的面部肌肉微微抽搐了一下。米雪，你这真是“肥水不流外人田”啊！

明格的健美操社是非常有名的，主要是有一批狂热男粉在为社团保驾护航。

周子青知道自己不是她们的对手，只能无奈同意，心想，地盘我让出，我倒要看看你们能组织起什么样的活动！

米雪没有理睬周子青，而是颇为帅气地吹了一个口哨，集合了所有健美操社的女孩子们。

尽管现在已是入秋季节，但她们穿着好看的裙子，整齐划一的动作吸引了大量的围观同学。

米雪见势大声喊出口号：“网球不倒！楚河犹在！明格明格，永争第一！”

果然粉丝的力量是伟大的，众人集体高呼：“网球不倒，永争第一！”

马仔一把鼻涕一把眼泪地看着米雪，说：“到底是楚河粉丝会会长呀！”

No.61

众人散去后，米雪看着马仔以及其手下的残兵，不禁疑惑：“网球社怎么这么萧条了？”

“那次比赛失败后，楚河和林若风双双退出社团。社团的战绩一落千丈。学校对我们的经费支持也越来越少了。”马仔一边说，一边掏出几只变了色的网球，无奈地摇头，“经费不到位，我们实战训练也无法达到标准水平。”

“米雪，你家楚河现在是什么情况？”

米雪的脸“唰”的一下变红了，她解释道：“什么叫我家楚河，楚河是大家的！”

马仔自顾自地说道：“最可气的是教练Mr.陈，他竟然退出区队，去做健身教练了！”

No.62

第二天，周子青继续霸占网球场，他还特别神气地说：“这是经过学生会同意的。”

马仔冲到周子青面前，和他只有一厘米的距离，说道：“你敢再动这个场地，试一试？”

周子青直冒冷汗，他本以为马仔和自己一样，只是喜欢动口不动手，急忙摆手辩解：“有话好好说，何必动粗呢？不是我想占场地，我有学生会主席的签字确认表！”

No.63

马仔径直冲到学生活动室，找到学生会主席方然，问道：

“方主席，怎么回事？周子青这小子霸占我们的场地，你也同意？”

方然对马仔的来访并不意外，他说：“不是我要为难你们。学校有规定，每学期社团都要注册，你们网球社社长、指导老师都是空缺。你让我怎么批？马仔，排球社马上要打区级比赛了，你看这段时间，能不能……”

马仔当着方然的面，将确认表撕得粉碎。

“马仔！你不要太过分了！”方然怒道。

“你放心。指导老师会有的，社长也会有的。网球社不会散的。”马仔撂下这么一句话就走了。

No.64

马仔和几个社团弟兄拿着有些发黄的网球装备，走过无数的马路、街角、咖啡店，终于来到了一处看似废弃工厂的地方。

社员黑皮问：“马哥，你确定Mr.陈在这里面？我怎么看，这个地方都像是废弃工厂啊！”

马仔用拍子敲了一下黑皮的脑袋，责怪道：“你懂什么？有一句话叫‘大隐隐于市’，你知道吗？Mr.陈是何许人？是我们的网球教练，他在这里一定是在揣摩世界最先进的网球战术理念！

有这样的战术教练在，你们说我们网球社会倒下去吗？”

黑皮和其他两位社员将信将疑地点点头，其中一个刚入社不久的高一学弟机警地向一位迎面走来的老大爷问路：“您好，请问这是健身房吗？”

“是啊！”大爷佝偻着背，说完一句话都要喘一口粗气。

但在马仔看来，大爷到了这个年纪仍然坚持锻炼，其精神可嘉。马仔握着他的手说：“大爷，快带我们去找你的教练吧。”

“教练？”大爷像看傻子一般看着马仔，骂道，“我老伴非要和几个姐妹在这里跳广场舞，都不回家烧菜了，孙子直喊着要奶奶抱！哪个是教练？我非要揍他一顿……”

马仔一脸蒙圈：“大爷这是哪里？”

大爷余怒未消，吼道：“哪里？废弃工厂啊！你认为是哪里？”

黑皮好像明白了误会的所在，连忙问：“那健身房在哪里？”

“就在对面那条街上，往前走二十分钟的路就到了！”

大爷还在喋喋不休地说着什么，马仔没有工夫去理会他。其他两位社员已很久没有歇息了，他们放弃了找寻Mr.陈：“马哥，算了吧！还有一年我们就要离开明格了。”

“你们不去，我去！”马仔夺过他们身上背有“明格”字样的网球包，“你们不配是网球社的一员！”

“让他们休息一下也好！”黑皮见场面有些尴尬，想打个圆场。马仔却自顾自地往前走去。

两个小时后，马仔终于走到了传说中Mr.陈所在的健身房——除去匾上的三个汉字代表自己的功能外，它和之前的废弃工厂没有什么不一样。空旷的场地，昏暗且摇曳的灯光，以及那没有涂过油漆的水泥墙。

场内，二十多位戴围巾、穿旗袍、拿折扇的大妈，做着整齐划一的动作。

更令马仔没有想到的是，其中的一个领操教练竟是他们心心念念的教练——Mr.陈。

Mr.陈脸色红润，双手叉腰，说话声如同往常一样极富穿透力。只是……

“手抬高一点儿，对对，就这样下腰，再下腰！”

“脚要蹬地，再往上抬！”

Mr.陈熟络地与大妈们交流。

马仔一度恍惚地以为这群大妈是多年以前苦练网球的自己。

在结束第三遍操练时，Mr.陈终于注意到了马仔和拼命追上来的黑皮。

马仔迫不及待地将网球社的近况一股脑地全部告诉了Mr.陈。

“教练，你说该怎么办？明格网球社不能倒啊！”

Mr.陈沉默片刻，说："马仔，明格是谁在打网球？"

"我们啊！"

"既然是你们在打网球，为什么要找我？楚河、林若风不打吗？你马仔、黑皮不打吗？"

马仔一时语塞："可是我们需要您来指导啊！"

"如果你们都不打，我做教练还有什么意思？总有一刻，你们需要独自面对生活给予你们的压力、苦难以及不理解。"

"教练，你说的是网球吗？"马仔问。

"是网球。"

Mr.陈说完，又回到对广场舞大妈的教学中。

马仔看着教练能够在这个简陋的地方如此快活、逍遥，心中升起一股怒火："我们走！"

但这股怒火很快就被现实这盆冷水浇得透心凉。

No.65

升入高三，社团的一些老社员因为学业等诸多压力相继退出社团。要是放在过去，入选明格网球社的比例不低于十比一。

现在，马仔需要面对青黄不接的窘境，还要和众多稀奇古怪的社团共同招新，抢夺生源。

报名摄影、Cosplay（真人模仿秀）社团的人越来越多，甚至排起了长龙，但网球社无人报名，连上前询问的同学都没有。

“你好！”马仔见到一个学弟正向他们招新的摊位走来，顿时两眼放光，像是一只饿狼见到了肥羊。

“你好呀！小伙子，我见你骨骼清奇，是打网球的好材料。学长必定会将平生所学尽数传授给你。”

“学长，你知道DIY（自己动手做）社在哪里吗？报名的队伍太长了，全堵在外面，我进也进不去！”小学弟一边擦汗一边毫无顾忌地说道。

“那你为什么不选择打网球呢？”

“学长，打网球实在太辛苦了，我还是想让自己的高中生活轻松一点儿。”

即使被黑皮等人劝阻，马仔依然说：“我知道你想要一个简单的高中生活，但谁的人生是一帆风顺的呢？网球虽然不能解决你任何问题，但它可以给你信念！当你沿着这个信念走下去，你一定会爱上网球的……”

学弟沉默了片刻，说：“我看到DIY社了，就在那边。学长，加油！”

马仔低着头，仿佛是向命运妥协。

就在这时候，一只网球击中了马仔帽子的帽檐。

“这就放弃了？明格网球社怎么会有你这么窝囊的副社长？”林若风穿一身白色运动装，看起来活力四射。

“是啊！正是因为像你这样窝囊的社员太多了，我们网球社才会解散的！”

林若风冷笑道：“上梁不正，下梁歪。”

“都到这个时候了，你俩怎么还在斗嘴！”米雪从远处跑来，她捂着腰说，“我是偷偷跑来的，报名健美操社的人实在是太多了，你们这里什么情况？”

“唉！不提也罢！”马仔叹气道，“要是楚河在的话，我们怎么可能受到这种屈辱！”

“把我算上吧！”林若风清了清嗓子，“我和你一同招新，相对来说，会容易一点儿！”

“你愿意重新出山？”马仔惊奇地看着这个一直与自己互掐的男孩。因为自从林若风和楚河兵败市级比赛后，他们就再也没有看到林若风出现在明格网球场上。

林若风夺过马仔手中的宣传册，大声喊道：“我是林若风，欢迎大家积极加入明格网球社！我们可是明格蝉联三届的金牌社团。”

说完，林若风用那独具风格的嗓音，唱了一首当下最炙手可热的歌手鹿晗的单曲——《勋章》：

故事开始在最初的那个梦中
满天星光只因我而闪烁
我看到平凡的我也会
有一刻不普通
前方是未知
迎面是海风
塞壬的歌会诱人忘记初衷
他们说每一个风浪
都能够淹没我
可我会像奥德修斯一样
朝着心中的方向
哪怕众神会在彼岸阻挡
当我需要独自站在
远方的沙场
武器就是我紧握的梦想
而我受过的伤
都是我的勋章
是谁说伟大才值得被歌颂
乘风破浪后也不会一定成功
生命只能向前

坚定信念的人都是英雄
可我会像奥德修斯一样
朝着心中的方向
哪怕众神会在彼岸阻挡
当我需要独自站在
远方的沙场
武器就是我紧握的梦想
而我受过的伤
都是我的勋章

林若风边唱边跳，时不时向粉丝发射出充满魅惑的“电眼”。

当我需要独自站在
远方的沙场
武器就是我紧握的梦想
而我受过的伤
都是我的勋章
武器就是我紧握的梦想
而我受过的伤
都是我的成长
不管明天的路有多漫长
我再次启航

带着我的勋章……

如果说楚河是冰山式冷酷的帅，那么林若风就像是那不断涌入你心底的火焰，让你感到灼热、沸腾。

粉丝们疯狂地尖叫着。

瞬间，无数的迷弟迷妹都纷纷拥来。尽管他们对网球专业知识的了解近乎为零，但起码社团的人气是有了。

现在，只差一人。

第十章　永不言败

他们望着眼前这一片杂草丛生的地方，生无可恋。杂草丛生也就罢了，最困难的是这块地方高低不平。哪怕进行最基础的“正手对拉”练习也毫无可能，而且选手非常容易受伤。

No.66

明格中学的斜对面有一条小吃街，街上有鱼豆腐、车轮饼、叫花鸡、油爆猪肝等特色风味。

白天你无法感受到小吃街的存在，但到了晚上，小吃街就像是破土而出的嫩笋一样等待主人的采摘。

明格的前辈们称这条街为“黑街”。不过，在马仔的眼里，“黑街”就像是明格的后花园。

“为了庆祝明格网球社顺利招新，这次我请客！”马仔摘掉毫无用处的墨镜，大手一挥，新社员和老社员纷纷无语落座。

只有林若风还戳在原地，抱怨道：“你就请我们吃一碗拉面，还叫嚣什么？”

马仔笑而不语，因为他知道要是换作以往，林若风绝对不会踏入“黑街”半步。现在，他竟然可以皱着眉，与这群“凡夫俗子”一起吃十块钱一碗的面，这已经是莫大的“荣幸”了。

“好吃，真好吃！这面在舌尖处不停翻滚，嚼劲十足真好吃！”林若风在尝过一口面后，竟有些语无伦次。

马仔拍了拍同伴的肩膀，内心窃喜：“这人表面上一副‘早点儿飞上天，与太阳肩并肩’的酷样儿，没想到为了能快速合群，竟使出如此尴尬的开场白。”

“不要用这种眼光看着我。这个豚骨拉面是真的带劲儿。”林若风继续补充道，“让你吃一口，就无法停下来。”

马仔将信将疑地拿起筷子，尝了一口，顿时感觉心中升起了小太阳：“哇！哇！哎呀！哇哦……”

马仔吃着拉面，久久不能说出一句完整的话：“老板，这面太好吃了……和以前的味道不太一样啊！”

老板和马仔交情颇深，他往马仔碗里多加了一个卤蛋，说：“主要是因为来了一个打零工的年轻人，肯下苦功夫，做事认真，还挺有想法的。”

“我真想见见这位幕后大厨。”

老板小声说道：“但这位年轻人和我有约定，只能在后厨忙活，不愿意来台前见客！”

在马仔的执意要求之下，网球社的成员们终于在凌乱的拉面馆后厨见到了期盼已久的社长楚河。

马仔张大嘴巴，问：“我说楚河，你放学不练球，在这边练拉面干什么？”

楚河冷冷地说道：“我已经退出网球社了！”

马仔指向社员说：“你让他们怎么办？这些人可是因为你才加入社团的！你知道吗？我们网球社要是再没有什么作为，就要被学校解散了！”

“社长跟我们一起回去吧，重新开始！”几位社员也纷纷劝道。

“不好意思，借过一下！”楚河戴上口罩，将拉面倒入滚烫的沸水中，用一双长筷来回搅拌。

林若风拍了拍楚河的肩膀说：“抱歉，打扰了。时间不早了，我们走吧！”

“可是……”马仔还想说些什么，却被林若风拉回去了。

No.67

今天的顾客比以往少一些，楚河领完日结工资就开始收摊。米雪带着夜宵在一旁等待。

“楚河！今天是西米露加双皮奶啊！”米雪笑起来就像是一块融化了的巧克力。

“今天，黑仔他们找过我了。”

“是吗？”米雪有些诧异，她从来没有向他们透露过楚河的行踪。

“你要相信我，我肯定不会说你在这儿的。”

楚河将西米露打翻在地，他背过身说：“那他们怎么会跑来？我和你说最后一遍，我不会再去碰网球的！”

米雪强忍住眼泪，跑着离开。

楚河俯下身子，很久都没有起身。

No.68

回到宿舍，马仔郁闷至极，他连喝了三碗水，还是不够解气。

“马哥，人各有志。也许社长和其他几个老社员一样，真的已经放下了网球呢？”黑皮劝解道。

“绝对不可能！你们不了解楚河！”马仔痛苦地闭上眼睛，陷入了回忆之中。

马仔与楚河从小便是邻居，两人又上了同一所小学。那时候两家的情况相似，天天吃的是青菜蘑菇汤，外加一层咸腥味的油。晚上，等各自的家长都睡去，马仔与楚河便偷偷溜出来，在泥泞的场地上用自制的木拍打野球。

自制的木拍横截面不太规则，尤其是接发球的时候。马仔好几次都将球打到邻居家的玻璃上。

有一天，换了第三块玻璃的邻居实在忍无可忍，拎着他们去告状。

自此，马仔被父母禁足。但马仔常常在四楼的阳台上看到楼下的楚河独自练球。

楚河的练球方式极为特殊，他首先将球打向最近的电线杆，然后依靠反作用力，再继续回打。

不多久，电线杆已经满足不了楚河的接发球，他便捡起一块红砖，用粗绳子将红砖绑到十米外的树上，然后，竟对着红砖打起了网球。

当时，马仔面对所见之景，除了“震撼”二字外，很难再用别的词汇来形容。

尽管马仔被禁足，但很快他不再孤独。因为楚河已经能够将球直接打入马仔家四楼的阳台上了。

即使没有装备，没有对手，没有场地，楚河依然能够坚持对网球的热爱。

他怎么可能会放弃网球去做拉面呢?

No.69

马仔站在宿舍的阳台上，放眼望去，校园早已没入黑夜之中。

“嘿！还没睡啊！”林若风递给马仔一罐饮料。

“谢谢！怎么？今天，富家大少爷也和我们俗人一起住宿舍了吗？”在马仔的记忆中，尽管学校将林若风分配到自己寝室，但是林若风从未住过一天。

“你还在想楚河的事吗？”林若风的目光不再像以往那么深邃，而是有些柔和地看向远处微弱的路灯，“我也觉得楚河不会放弃。你看他拉面的手劲儿，煮面的专注力，还有对火候的掌握，这些难道不是网球运动员所具有的素质吗？”

马仔一脸惊奇：“你是说，楚河并没有放弃网球。去拉面馆是为了更好地训练？”

林若风点点头说：“当然，按正常情况楚河是不可能退出网球社的。除非他遇到了什么难事，迫不得已才做出这样的选择。”

“他连那么困难的时期都度过了，还有什么难事呢？”马仔有些不解，他认为以楚河的能力，即使再难的事情都会化解的。

No.70

直到凌晨一时许，楚河换上一身黑衣才从拉面馆出来。路上已无行人，只有冷风肆虐。楚河不急于回家，而是故意绕了几圈。他见无人跟踪才快速回到家。

楚河的家位于老城区的东南角，那里是生活不如意的人的集聚地。此时，一阵哭泣声传来。楚河快走几步，连忙扶起在黑暗中已失去理智的母亲。

楚母嗫嚅道："孩子，是妈妈对不起你。"

"哪有，全怪那个糟糕的男人！"楚河口中糟糕的男人指的是他父亲楚洵。

在楚河很小的时候，父亲就抛弃了他们母子俩，独自在外逍遥，欠了一屁股的债。现在，债主却找上门让他们母子俩偿还父债，而他的父亲不知道躲到哪里去了。

本就生活艰难的楚河母子，如何才能还清这些本不存在的债呢？

家中墙壁上写着"父债子偿"的红色标语。楚河捏紧拳头，更让他气愤的是白天有一个刀疤男警告说，再不还债，就要伤害他的朋友。

楚河不在乎自己是否有危险，但他在乎朋友的安危。楚河在乎米雪，所以他要赶走米雪。

No.71

翌日，楚河同往常一样，放学后直奔“黑街”拉面馆，结果在半路上又遭遇了刀疤男的围堵。

“小子，你爹欠的钱可以还上了吗？”刀疤男故意推搡着楚河。

楚河说：“谁欠的钱，就找谁去！我已经和楚洵断绝父子关系了！”

“楚洵跑了，我当然找他儿子要债喽！听说你是个好儿子，好儿子就应该帮助爸爸还债！”刀疤男一脸坏笑。

楚河向后退，却发现身后还站着身形和刀疤男相似的壮汉。

“小子，前几次算你反应快，让你逃过了！今天，该让你吃点儿苦头了。”几个壮汉将楚河架起来，抬到刀疤男面前。

“听说你还会打网球？那我就先伤你一只手，看你还能打网球吗？”刀疤男步步紧逼，当他快走到楚河的跟前时，后脑勺儿被一只斯伯丁网球击中。

刀疤男瞬间倒地不起。

林若风携家族保镖将刀疤男等一干人包围起来说：“你敢动

他一下试试，欠多少钱我来还！快点儿滚！”

林若风的家族保镖都是经过严格选拔的，他们的格斗与防御能力极佳。刀疤男见情形不对，收好钱赔笑道：“知道了，小爷！我马上走！”

刀疤男弯下身子，假意认错。突然，他直接向毫无防备的林若风冲来，嘶吼道：“终于找到一个有钱的主儿了！”

刹那间，刀疤男再次被一只网球击中命门，他捂住鼻子，痛苦地倒在地上。

楚河甩了甩手臂，颇为满意自己刚才的“杰作”。

之后，警察带走了刀疤男这群闹事的人。

后经查实，刀疤男还犯下了其他事，一并处罚。

“嘿！哥们儿，谢谢了！”楚河说。

“好哥们儿，不言谢！”林若风说，“现在事情都解决了。一个随身带着网球的人可以回社里了吧？”

学生会决定将网球社的专用场地划分给排球社。学生会主席方然对此的解释是：“出于校园文化多样性考虑！”

“肯定是排球社周子青在背后搞的鬼。”马仔用拳头捶击桌面。网球社每周五下午都要召开例会，马仔在会议上痛骂了方然71次，臭骂周子青179次。

社员黑皮细看学生会的文件，指出：“马哥，反面还有一行文字，网球社的活动场地将移到主教学楼北侧的小树林旁。”

马仔摸着脑袋，不禁疑惑：“主教学楼应该是明悦楼啊！明悦楼北侧那不是小树林吗？”

“难道真的要在那个地方打球？”社员们想起那次为林若风找网球包的恐怖经历，心情就像是要知道期末试卷成绩的前夕，忐忑不安。

No.72

马仔当即率领社员去了新的活动场地。

他们望着眼前这一片杂草丛生的地方，生无可恋。杂草丛生也就罢了，最困难的是这块地方高低不平。哪怕进行最基础的“正手对拉”练习也毫无可能，而且选手非常容易受伤。

“副社，我们有话要对你说。”几位刚入社的新成员低下头，马仔已经明白了他们的意思。

“我刚收到通知，我们网球社马上要参加新一届的全国‘挑战者杯’的联赛。此次的冠军团体将会受到全额资助，还能转入职业球队！”

尽管马仔不断极力劝说，但新入社的成员们不为所动，一个个都退避三舍：“对不起，副社！我们无法想象在这个地方如何才能获得全国冠军。”

“你们要相信我，我们社团一定会崛起的！到那个时候，你们都会在明格网球史上留名。你们要相信我！”

“副社，我们相信你！社团一定会重回巅峰的。是三年，还是五年？但我们等不到了。”

“我答应你们，这次必定拿冠军！”

“在这样的贫瘠之地，怎么拿冠军呀？”

“就是！即使楚河、林若风都来，也不可能拿到冠军！”

无论马仔再怎么劝说，社员们都执意要离开……

马仔与黑皮蹲在地上。社团只剩下他们两人了，而真正能上场打多回合球的只有马仔。

马仔看着今年“挑战者杯”的邀请函，苦笑道：“黑皮，社团只有我们了。‘挑战者杯’还报名吗？”

今年“挑战者杯”的赛制近似职业“戴维斯杯”五局三胜制，一局为三盘两胜。团体包括四组单打加一组双打，人数不超过六人。除非马仔和黑皮能够拿下前三局，否则战局一旦拖长，体力便无法得到保障。

“即使打前三局，也要有一人打两局。这几乎不可能！”黑皮叹气道，“更何况单打，我不行！”

黑皮说得不无道理，要在三小时内连打两场比赛，放眼当今世界网坛鲜有人能做到。

夕阳渐落，马仔和黑皮正打算回去。楚河和林若风却出现在他们面前。

林若风说：“这就打算放弃了？我们可没放弃呢！”

马仔和黑皮两眼放光，楚河终于回来了。

但他们很快又冷静下来。

“可是，我们只有四人，而且这场地很难训练！”黑皮解释道。

“难道我们明格网球社会惧怕这些挑战？”林若风还未说完，就被一阵风刮起的细沙弄得睁不开眼，改口道，“训练条件确实有些艰苦！”

许久未说话的楚河此时才开口：“马仔，这个环境比我们小时候练球的地方好太多了！还记得吗？当初为了能偷偷打球，我们甚至绕到小区后面的垃圾场呢。”

“当时我们怎么克服，现在我们就怎么克服！”马仔瞬间气血上涌，“何况我们还有富家少爷林若风呢！”

“不要指望我。为了证明能靠打网球生活，我已经不再伸手向家里要钱了！”

“要你有何用！”马仔又恢复了往日的神情，揶揄道，“我本还想着投靠你呢！”

“少废话，快过来锄草。我们还要参加‘挑战者杯’呢！”

楚河撸起袖子，准备大干一场。

No.73

兄弟齐心，其利断金。五天后，四人终于把这个废弃多年的网球场“修葺”一新了。起码不会打到一半找不到球。

如果说场地因素还能勉强克服，那人员配置是一个始终无法解决的问题。

林若风和楚河的双打组合是最大的撒手锏，两人各自再参加一轮单打已是极限。

这也就意味着马仔和黑皮必须参加单打赛，尤其是黑皮。

以往黑皮在社团中都属于边缘球员，除非是谁发生意外情况他才能顶替上场！

林若风看着球场上极度不自信的黑皮，不由得问道：“黑皮，你最近一次打个人赛是什么时候？”

黑皮说：“好像是初中一年级的时候……”

林若风大惊：“那你是怎么混进网球社的？是谁给你走的后门？”

黑皮一脸无辜地看着马仔。

马仔浑身不自在，他拿起球拍说：“黑皮，我接你几个发球！给大家看看你现在的实力！”

可能是因为场地不平整，抑或自身没有调整到最佳状态，黑皮的连发球全部下网，而他的接发球又总是超出底线。

黑皮下场时直摇头：“对不起，连累了大家！”

楚河和林若风相视一笑，楚河说：“黑皮，你的弹跳力和爆发力都非常好，只是缺了一些手感。网球的手感需要大量的练习，而这一点很容易做到！”

“真的吗？”黑皮眼神中透露出一丝光芒。

“当然！”林若风给了他一个坚定的回答，“我建议你先和马仔做一些定点接发球练习，扎实自己的基本功！”

看着远处马仔的发挥，楚河不由得叹气。

“没想到一向冷漠无比的楚河竟也会说谎了。”林若风笑道，“要是换作以往，你可能就直接让他放弃了！”

“在明格，我学会了一件事——永不言败！”

第十一章　生活就像巧克力

见大家不理自己，林若风把发霉的衣服套在了黑皮的头上。那一股酸爽的味儿，让黑皮的面部表情瞬间变得就像吃了100个柠檬似的。黑皮夺下衣服，把它折叠整齐，突然又套在旁边“观戏”的楚河头上。

No.74

接下来的几天，四人都在进行“创造性训练”。比如为了增加黑皮击发球的精确性，他们竟然挖了许多洞。所有的发球都需要进洞，这有些类似于高尔夫球的打法。

林若风看着这些“奇思妙想”，不由惊叹：“楚河！你对网球的理解已经超过了我们所有人！本以为你的优雅网球只是一种省力偷懒的方式！这些天的训练，让我对你的网球理念有了更深层次的理解！”

“即便如此，我对你的暴力网球还是不能理解！”

林若风强调：“网球的理解力并不代表网球的执行力！这一

点，我的暴力网球必定处在上风！”

“不过，无论是我的方法，还是你的理念，我们都没有办法对黑皮的网球技术产生最直接的帮助！”楚河感叹道。

这些天黑皮的训练仿佛陷入了怪圈。各个环节的练习都非常好，但就是无法将它们组合起来。黑皮只要一站在球场边，就没有办法打出漂亮的组合击球。

在发完最后一个球时，黑皮瘫倒在地上，汗水浸湿了他的球衣。他足够努力，也足够认真，可就是无法再提高了。

“对不起，是我的原因。”

“嘿！哥们儿，你到底要说多少次‘对不起’啊！”林若风扬手给了黑皮一个大大的拥抱。

“我能问你一个问题吗？”见黑皮点头，楚河说，“黑皮，你当初为什么会选择来社团打网球？因为据我所知，大部分同学都会选择比较轻松的社团！”

“因为……”

林若风见他有些吞吐，于是问道：“是因为热爱吗？是因为热爱之后的坚持吗？其实，你只要打出心底的那分热爱，就能有所突破！”

“其实，我当初报名网球社是因为……因为马仔哥逼迫我的。”黑皮说完，脸唰的一下变得通红。

马仔也不是出于恶意，他只是想让好兄弟性格变得更开朗一些，而不是始终做一个唯唯诺诺，见到老师就低头，见到女生就脸红的胆小鬼。

黑皮说，他很害怕站在舞台的中心，他只想默默地守护好自己的朋友。

“黑皮，你还记得教练Mr.陈说过的话吗？”这时候马仔对黑皮喊道。

“什么话？”黑皮疑惑道。

“‘你们需要独自面对生活给予你们的压力、苦难和不理解’。加油吧！”马仔安慰黑皮，“无论再艰难的路，都要走下去！”

此刻，他们都无比怀念一个人，因为如果他在这里，一切困难都会迎刃而解！

No.75

每个社团都必须有指导教师。之前，学生会主席方然问过此事，都被马仔用各种理由挡回去了。

不过今天，方然带着一批学生会的干事来到训练场。

“姓方的，场子我也让了，人情都让你做了，你到底想干什么？”马仔将拍子摔在地上，他内心愤怒至极，要不是那该死的学生会从中作梗，他们就不会来到学校最偏僻的地方训练，“方然，你记住！我们迟早会站在世界中心！”

学生会的一位成员揶揄道：“没有指导教师，那就没办法组成社团。谁知道你们到底在干什么？”

“你再说一遍！我们为校争光的时候，你们不知道在哪里呢！”马仔暴跳如雷，要不是被楚河、黑皮拦住，不知还会发生什么意外，“臭小子，你叫什么名字？几班的？”

“都少说几句吧！”楚河劝道，“我们的指导教师Mr.陈还在国外考察最新技战术，网球社的常规训练目前是由我来代理，你看，这是Mr.陈的签名！”

楚河将社团活动表的指导教师栏翻给方然看：“方主席，Mr.陈过几天就会回来了。到时候，我们再补全一些手续可以吗？”

“既然楚社长出面，今天我们就先回去了。”

待方然他们走后，马仔一把搂住楚河的肩膀，问：“你是什么时候联系上Mr.陈的？我还以为教练再也不理我们了。”

“笨蛋，这你都看不出来吗？这分明是楚河急中生智瞎编的！”

林若风摸着马仔的脑袋，他对马仔的智商产生了怀疑。

“所以，这签名也是？”马仔依然抱有一丝幻想。

楚河从裤袋中掏出写满了教练名字的A4纸，说：“练了一个晚上，起码暂时骗过了方然！”

“还是你们聪明啊！”马仔此时才知道这是怎么一回事，“打球果然还是要靠脑子！你们脑子好使……哈哈！哈哈！”

“还是想想接下来几天，怎么才能骗过方然吧！”林若风不无担忧地说，“毕竟只是凭空签名，以方然的个性，他肯定会再来观察的。”

“起码要撑到‘挑战者杯’开始！”黑皮咕哝道，他蹲在地上，双手抓头发，样子有些滑稽。

如果得不到学生会的同意，并盖章，他们就无法以学校的名义去参赛。

“不然，我们四人再去找一次Mr.陈？”马仔提议，“上次是我和黑皮去的。Mr.陈最欣赏你们俩了。如果你们去找他，他会不会回心转意呢？”

连选手都能放下过去的成败，那作为教练更应该不在乎昔日的荣辱才对。

于是，四人决定暂停训练两天，先找到Mr.陈再说。

No.76

有了上次的经验，这次楚河一行四人很快找到了Mr.陈的健身房。只是这次没有广场舞阿姨的聚集，也没有广场舞阿姨的家人——大叔们的围攻。这里仿佛什么也没有发生过。

“我确定就是这里啊！”马仔指着废弃工厂牌匾说道，“你们看‘健身房’三个字还刻在那里呢！”

正巧，一位路人经过此地。楚河忙追上去询问Mr.陈的下落。

“早就搬走了！说是这个教练不正经，和一个姑娘走了！不过，这个教练还蛮帅的，他这一走啊，我们这片儿的广场舞队伍基本就散了！”

“那您听说过他去了哪里吗？”

“这个教练怪有意思的！悄无声息地来，又悄无声息地离开！”

“谢谢！”

楚河在健身房里闲逛时，有了新的发现，他忙将其他几位伙伴招过来。

“你说，Mr.陈真的已经放下网球了？”楚河指着角落里的网球问向马仔，而且他还发现墙壁上有一些球印。

“那为什么Mr.陈不愿意回来执教？”马仔有些想不通，喜欢的事就应该坚持下去，怎么能轻易放弃呢？

“或许他和楚河之前一样，也有难言之隐吧！”林若风猜测。

“我知道Mr.陈身边的女孩是谁了！”楚河瞥向桌子上的一杯奶茶。

“奶茶而已！你怎么知道？”马仔问。

“这是米雪最喜欢的西米露！”楚河脸有些微红。

众人起哄道：“米雪！米雪！楚河，楚河你最帅！”

冷静之后，大家不禁陷入沉思：之后，该如何面对方然的突击检查呢？

林若风看向黑皮说：“那就像打网球一样战斗到底吧！”

No.77

三天后，方然带着其他几位学生会干事再次大驾光临。但是他们被马仔拦在了门外。

“马仔，你这是什么意思？是想妨碍学生会工作吗？”

“方主席运动细胞为零，难道视力也为零吗？您看不见字吗？”马仔将手指向易拉宝上的四个大字“封闭训练”。

“好啊！你们为了防止我们进入，竟搞出这样的名堂！见不到Mr.陈本人，我就通报学校取缔你们社团！”

“继续发球！楚河向后退！门外怎么这么吵？”一个熟悉的声音从屋内传出来。

“教练！是学生会的方然吵着要见你！”马仔提高了声音。

“没看到在训练吗？拿不到名次算谁的？行！让他进来吧！”

方然早已听闻Mr.陈古怪的性格，万一真的把这位教练惹恼了，对自己也不利。

室内再次响起Mr.陈的叫喊声："楚河，躲在暗处干什么，快跟上。让他进来吧！"

方然站在门外，赔笑道："陈教练辛苦了！今天，我就不打扰你了！改天，我们也希望陈教练能开个讲座，锻炼锻炼我们其他学生的体质。"

见门内无反应，方然悻悻地离开了。

而在另一边，楚河、黑皮已经忙得不亦乐乎。黑皮一直都有录像的习惯，楚河用声音合成软件将Mr.陈的话组合在一起来应付方然。

黑皮说："社长，快点儿调出来啊！方然会起疑心的！"

穿着与Mr.陈相似衣服的林若风向外张望说："不用调了，姓方的走了！"

"好险！"黑皮长舒一口气，"社长！还是你聪明，竟想到这个办法！"

"要不是你平时拍下这些视频做课后复习，我再如何想办法都是徒劳啊！"楚河向黑皮竖起了大拇指，"相信自己！"

"谢谢社长！"

"你是不是也应该谢谢我啊？"林若风脱下Mr.陈的教练服，

捂住鼻子说，“好歹我也是一个超级偶像，竟然让我穿上这身行头，这衣服都快发霉了！”

见大家不理自己，林若风把发霉的衣服套在了黑皮的头上。那一股酸爽的味儿，让黑皮的面部表情瞬间变得就像吃了100个柠檬似的。黑皮夺下衣服，把它折叠整齐，突然又套在旁边“观戏”的楚河头上。

“对不起，社长！独乐乐不如众乐乐！”

“喂！黑皮，你也开始皮了吗？”楚河大口喘气，看向正从外走来的马仔。

“方然也不过如此，三两句就被打发了。我说……”

未等黑皮说完，楚河已将充满酸味的衣服套在马仔身上。

经过长时间的磨炼，四人更加团结了。也许在这破旧的网球场内，真的能出现全国冠军呢！

“好了！非要让大家全部感受到教练Mr.陈的气息吗？”林若风看了一眼手机，笑道，“外卖到了，今天本大少爷请大家吃午饭吧！”

又是一片欢呼声。

No.78

但在开门拿外卖的一刹那，伙伴们都傻眼了。

等待他们的是方然。

“外卖上的人数写的是四，请问你们不把教练算上吗？”方然拿着外卖单子，走到楚河面前说，“你把我们学生会当傻子吗？”

“我不想吃外卖，可以吗？”马仔不服气地说。

“现在是白天，阳光这么好，楚河怎么会躲在暗处？”方然抓住刚刚“Mr.陈”讲话的漏洞，显然他已经知道了楚河的把戏。

“其实你们不用解释，只要见到Mr.陈，这关就算过了！”

“我来了！”此时又响起了熟悉的声音。

马仔小声说道：“喂！楚河，把戏被这小子拆穿了！不用演了！”

“我没有开录音！”

“那是谁开的？”

方然满脸不屑地看着他们：“你们在议论什么？到现在还要装神弄鬼？你们的演技实在是太拙劣了吧！”

直到Mr.陈在米雪的搀扶下站在方然面前，学生会主席这才安静下来。岂止是方然，大家都快惊掉了下巴！

“人老了，年纪大。刚从医院回来，还愣在这里干什么？继续训练！”

Mr.陈穿着医院的病号服，身子看上去非常虚弱，说一句话都要喘上几口气，但他目光如同过去一样犀利，仿佛能看穿人的内心。

Mr.陈回过身问方然：“你还有事吗？”

方然呆了几秒，下意识地摇头，领着学生会成员们撒腿就跑。

No.79

Mr.陈的重新出山，让队员们信心高涨，训练也格外卖力。

晚上，大家搞了一个小型派对来庆祝Mr.陈的回归。只有楚河一人在露台上发呆。

“在想什么呢？”林若风递上一杯饮料，“有些误会不说，就永远变成了误会。还在想米雪的事吗？”

“可当初确实是我做得太过分了。”楚河抿了一口饮料，抬头仰望着耀眼的星空，“你说，米雪会原谅我吗？我看她今天和所有人都打了招呼，除了我。”

“球商如此高的楚河，还会为这件事烦恼？为什么今天Mr.陈会及时赶到，是谁告诉他这个消息的？告诉他的人又是为了什么呢？楚河……”

林若风话音未落，楚河就已经消失了。

No.80

第二天的午休课，楚河坐到米雪身边。他用胳膊肘将巧克力挪到米雪旁边。

米雪没有理会楚河，自顾自看书。

“米雪，对不起。那天，我是想……”楚河脸涨得通红，他好久没有憋出一个字。

“你是想保护我对吗？你是不想连累我对吗？”米雪把楚河想说的话补上。

“原来你都知道啊！”

“可是你越这样，我就越觉得失望！我不需要你的保护，我只是想和你一起面对困难。为什么你心里想的东西，我总是最后一个从别人口中得知的呢？”

“米雪，我真的是非常担心你，怕那群坏人找你的麻烦！”

“如果他们找我麻烦，你会怎么做？”

米雪拆开巧克力包装，嘟着嘴，分了半块巧克力交到楚河手里。

“我肯定要保护你，和他们拼命！”

“我不许你和他们拼命！我只允许你在球场上为了教练，和对手拼命！而且要拼尽全力！”

“为了教练？”

米雪目光有些闪烁：“当然是为教练啊！没有教练的指导，你们怎么能进步呢？”

楚河若有所思地点了点头：“对！不仅是教练，也是为了我们整个团队！”

“还有我！”米雪一口吃掉了另一半巧克力。

第十二章　广场舞教学

晚上十一点，回家途中，楚河总觉得身后有黑衣人在跟着他。他想凭借对道路的熟悉，从拐角绕到对方身后。但那人不入圈套。

No.81

全国“挑战者杯”的赛程已经出炉，明格的第一轮对手是华城中学。华城是去年的八强球队，实力不容小觑。但今年的战绩比较一般，处在新老更替的磨合期。Mr.陈在分析华城的技战术后，就开始了备战期的第一堂训练课。

“这第一堂训练课，我请了几位辅助教练！”Mr.陈说完便坐在椅子上休息。

“果然是全国性比赛，训练的规格也上去了！”马仔跃跃欲试，他相信Mr.陈的战术训练。可出乎所有人意料的是，他们的助教竟然是米雪。

米雪分发了自己准备的彩带，然后，跳起彩带舞来。

“别光看着，全部听助教的安排！”Mr.陈提高了音量。

队员们只能勉强跟着米雪时而旋转，时而弯腰，时而下蹲，时而抬头。

米雪拿出了管理健美操社队员的架势，对偷懒的队员直接上手，比如在拉伸筋骨的时候，马仔的腿没伸直，米雪直接将其掰开。

楚河的柔韧性最高，非常轻松地完成了米雪布置的所有动作。

最困难的是林若风，他甚至连弯腰都费劲。也许这是力量型选手的柔韧度普遍都不强的通病吧！

队友们趁势帮林若风将筋脉拉开。训练场内响起了痛不欲生的嘶喊声。

拉伸运动结束后，Mr.陈拿出盒式录音机，熟练地放上卡带，瞬间从录音机传出的令人销魂的洗脑歌曲，像爆米花般撒满整个训练场。

一刹那，当初那些被Mr.陈教过广场舞的大妈鱼贯而入，将队员们围成一个圈。

“来啊！一起跳啊！”Mr.陈率先在舞池中扭动身躯，“尽可能地将身体打开，用心去控制身体！”

队员们面对突如其来的躁动，不知所措。

“楚哥，Mr.陈是这里出了什么问题吗？”马仔偷偷往自己的脑袋指了指。

“教练自有他的道理！”楚河随着音乐开始慢慢晃动身躯。

“你们要适应场内突如其来的变化！”Mr.陈赞许地看向楚河，“臀部抖起来！”

身体僵硬的林若风就像一头巨大无比的跳舞野牛，他无法抖动臀部上的肌肉群，只能连着身体一起晃动。

“你不是号称军训时期的舞王吗？怎么现在舞起来这么吃力？”楚河嘲笑道。

“我跳的是现代舞，现代舞讲究的是节奏，肯定比不上广场舞大妈的腰力啊！”

一曲接着一曲，大家就像是永不停止的陀螺。直到广场舞的大爷们逐渐聚集在出口，Mr.陈才宣布第一轮开赛前的训练课已全部完成。

No.82

尽管事先已经看过比赛视频，但是当平均身高超过190厘米的庞然大物出现在马仔面前时，马仔在气势上立马处于下风。

更夸张的是那个大个子站在马仔身边时，原有的阳光瞬间被他阻挡住。马仔一度产生幻觉，他仿佛认为眼前的怪物不是选手，而是一座看不到尽头的大山。

“喂！即使你个子高，我也会把你打得山崩地裂！”

马仔刚说完这句话，就被高个子直接打来的外角Ace球打蒙了。

场边华城的队员大声呼喊：“德焕，给这小子一点儿颜色瞧瞧！”

在场边观赛的楚河陷入沉思：身高两米最大的优势是臂展非常长，横向接球范围很大。高个子选手一般移动速度很慢。但这个叫德焕的高个子选手脚下步伐非常灵活。所以……

不知何时，林若风站在楚河边上，他皱起眉头，只吐出两个字：“无解！”

很快，马仔以两个1：6惨败。

第二单打由林若风上场，令人感到意外的是华城那边球员依然是德焕。接连打两场比赛，这对体力的要求极高，即使是林若风的体力也无法完全做到。

但林若风毕竟不同于马仔，他的跑位速度更快，发球落点更加靠后。因而两人常常在底线相持。

很快，双方各得一盘，进入决胜盘。

林若风的脚步逐渐变沉，只要他的回球质量稍有下降，德焕便会抓住机会直接底线穿越。

“他就像一个永不停歇的机器人！”

第三盘双方各保住自己前五个发球局。林若风坐在场边的板凳上盘中休息时，对大家说道。

即使是机器人也是有软肋的，林若风闭上眼睛，此刻在这个如此重要的场合，他脑海里浮现出的却是广场舞大妈的身影。

“把身体打开，尽可能地让身体舒展。”Mr.陈的话犹在耳边。

林若风睁开眼睛，他露出了招牌式的微笑。

德焕再次拉开角度，用反斜线截击球去接林若风的一发。当球拍与球完美接触的那一刹那，德焕便知道这一分自己势在必得。

然而，此时的林若风双脚离地，用了非常罕见的不规则接球方式，从底线处将球捞回来。由于德焕在前一拍已使出全力，他根本就没有预料到林若风能将球回过来。德焕只能眼睁睁地看着球缓缓落地。

林若风在抢七局中艰难胜出。

No.83

第三个出战的是楚河，和他对战的也是一个高个子球员。林若风原本想将一些对付此类球员的心得告诉楚河，但见到楚河那一副自信又欠抽的扑克脸模样，他改变了心意，心想：还是让这小子吃点儿苦头吧！

楚河一上来就破发，连得三分。

“这也太轻松了吧！”场下的观众小声议论。楚河就像是一位活力四射的舞者，无论是多么刁钻的压线球，他都能轻松灵巧地接住，并完美地击出。

“马哥！社长这也太厉害了吧？这分明是吊打对手啊！”黑皮颇为兴奋，要是楚河能确保这场比赛的胜利，再加上楚河、林若风无敌的双打，那就不需要打到第五局，他黑皮就可以不用参赛了。

随着一击上网截击，楚河以两个6：3轻松取胜。他的对手已累倒在地上，很久才靠着拍子的支撑走回休息室。

他不仅可以适应对手，还可以去引领对手进入圈套。楚河对于比赛的掌控力实在太强了！林若风看着面无表情的楚河，不由得心生佩服。

之后的比赛乏善可陈，楚河和林若风组成的最强战队，无论是发球、接球、战术等都明显高出对手一筹。林若风的球风就像熊熊烈火，楚河则像是千年寒冰。火与冰的组合，唱响了胜利的号角。不到四十分钟，他们就拿到了赛点。

最后一个发球由楚河来完成。

“能直接结束这场战斗吗？”林若风耸耸肩，神态轻松地问。

“这算问题吗？”楚河用拍子轻轻拍了拍林若风的后背，“还是打赌这球能否上160码比较有意思！”

楚河将网球往地上拍了三次，略微屈膝，身体微侧呈45度角。余光瞥了一眼观众台，然后，将球抛起，挥拍。

底线司线大喊：“out！（出界！）”

楚河发球出界，进行二发。原本在观众台欲起立庆祝的粉丝队僵在半空中。

楚河没有做过多调整，二发依然打的相似落点，却直接得分！比赛结束，明格总比分3：1战胜华城。粉丝们瞬间陷入疯狂！

米雪率领粉丝团又唱又跳，队员们更是围在Mr.陈身边击掌相庆。

Mr.陈说：“今天，晚饭我请！”

队员们高呼Mr.陈的名字。虽然，这场胜利在明格校史上不算什么，但对重建之后的明格网球社来说，这无疑像打了一剂强心针。也许后面的路还会很艰难，但管他呢，今夜我们都是胜利者！

No.84

晚上，队员们选择在一家火锅店庆功。Mr.陈头上冒着冷汗，尽管大家劝他多休息。他依然兴致很高，说：“等诸位拿到全国冠军，我请大家去米其林三星店吃饭！”

“教练，我们打网球是出于对职业的热爱。哪怕是请我们吃路边摊，我们也会拼命争取冠军的！”马仔话音未落，便将鲜嫩的虾滑送入口中，之后他又不停地开始涮雪花肥羊肉。

“你要是职业运动员，像这样暴饮暴食，早就被开除了！”林若风与楚河一样，面前只有一杯清水和蔬菜沙拉。

不过，米雪在不断地给楚河夹菜，很快楚河的面前就有了“食物小火山”。

“米雪够啦！我吃不了那么多！”

“运动员的体能消耗肯定比常人大，放心吧！夹的都是蔬菜！”经过多年的陪伴，米雪已熟稔了体育运动的一些基本常识。

No.85

聚餐过后，有队员提议去KTV（卡拉OK）唱歌。楚河想早点儿回去休息，米雪陪伴着他。

“你可以和他们再玩一会儿啊！”

“不了，我感觉自己有些老了！”

楚河打趣道：“看来我们都是‘三好少年’了！”

“楚河，能问你一个问题吗？”

楚河和米雪并肩走着，但步子都放得很慢，好像这样时间也可以慢下来。

“今天在赛场上，我看到他了！”楚河的眼神有些落寞，他坐在路边的长椅上，说，“我不知道他为什么要来看我比赛。也许是又要借钱？”

“这就是导致你最后赛点一发没得分的原因吗？”

米雪此前听说过楚河的父亲是有名的地痞无赖，常常会骚扰他们母子。

“我记得以前他每次回家，家中都会少一样东西。渐渐地，整个家就空了。”

楚河抬头仰望星空，纤瘦的背影让人无比心疼。他说自己拼命打零工就是想让这个家再充实一些，起码在冬天的时候，不至于冷得瑟瑟发抖。

“楚河，无论怎样，你都要突破心里这道坎。否则你就没有办法取得胜利！”米雪拍了拍楚河的肩膀说。

“这还是我认识的米雪吗？你以前不是老劝我不要在乎所谓的输赢吗？”

在楚河的印象中，米雪是一个大大咧咧、毫无胜负心的女生。可最近为什么老是在强调要让他赢得比赛呢？楚河静静地看着米雪。

“楚河，有件事情，我要和你说一下。你听了千万不要生气！”米雪说着低下了头。

楚河知道米雪紧张的时候，就会无意识地低头，然后摸一下头发。

“楚河，我哥今年又参加‘挑战者杯’了。他们学校后天会和世嘉中学打比赛。胜方将跟我们明格打！”

去年“挑战者杯”半决赛，楚河正是败在米雪的哥哥伍涩拍下。没想到今年这么早就碰上了。

“这是签位表决定的，你道什么歉？”楚河摆手说道，“而且这不是什么大事，该来的迟早会来！去年输了，今年也有可能是我打败伍涩啊！”

“楚河，我虽然是你粉丝团团长，但如果你真的和我表哥对决的话，我能不能两边都加油？”米雪又摸了摸头发说道，“对不起！对不起啊！”

“当然可以！”楚河俯下身子盯着米雪有些发红的眼睛，安慰道，“你不要太担心啦！万一伍涩被世嘉打败了，那我们不就遇不上了嘛！”

虽说世嘉中学网球社队员能力普遍不高，球队战绩常年排在全区倒数。他们是无法阻挡伍涩的高效接发球的。

但楚河还是说：“地球是圆的，网球也是圆的，一切皆有可能，不是吗？”

“楚河！你这个浑蛋！”米雪被成功地逗笑了！

No.86

晚上十一点，回家途中，楚河总觉得身后有黑衣人在跟着他。他想凭借对道路的熟悉，从拐角绕到对方身后。

但那人不入圈套。

两人像是在进行一场城市追逐赛。楚河灵机一动，突然转过身，从裤袋中掏出一只网球，直接向黑衣人砸去。黑衣人措手不及，倒在地上。

摘下面具的那一刻，楚河脚步有些慌乱，站立未稳，又向后退了几步。黑衣人是楚洵——楚河的父亲。

“我一直在想，谁还能比我更熟悉这里的地形？”楚河转过身，只给楚洵留下一个孤傲的背影。

“儿子，你听我一言。”楚洵捂住胸口道。

“儿子？你真的把我当作你儿子吗？”楚河握紧拳头，重重地砸向路边的树桩。

“是爸爸对不起你！但这一次你无论如何都要听我的话，不要再打网球了，尤其是不要和世嘉打比赛！”

“你什么时候开始管起我来了？”

“世嘉的网球社请的都是外聘教练和球员，他们有一定社会背景！你是斗不过他们的！”

“我是打网球，又不是打架，有什么可怕的？”

楚洵摇头：“我曾经向他们的外聘教练借过债，这些人心狠手辣。他们是不会让自己失败的！对于那些借债不还的人，他们的手段更是卑鄙残忍的！”

“说到底，你还是在考虑你自己！说吧，这次你又要从我们这里拿多少钱？”楚河满脸不屑，跟眼前这个让他失望透顶的男人，他真的不愿意再多说哪怕一句话了！很多时候，很多事情，你越是多说，就越会有无力之感。

“我的债务已经全部还清了。我这次过来，就是提醒你。不要小看世嘉，在他们的观念里只有胜利，为了胜利，他们愿意不惜代价做任何事！”

“好的。我已经收到你的提醒，你可以走了。而且，我并不认为世嘉中学能够战胜岭南中学，顺利晋级和我们对战！”

每次看到父亲，过去那些年的阴影，就会不自觉地爬进楚河的记忆中。

上一次与父亲和和气气的对话是什么时候呢？

也许是上个世纪吧！

“就这样吧！”

楚河撇下楚洵独自往前走去。

楚洵捂住被球击打过的胸口，慢慢起身，一步一缓向后退去。

清亮的月光打在父子俩身上，长风渐起，仿佛要将两个人分离成两个世界。

不知过了多久，楚河回头，目送着父亲慢慢与黑夜融为一体。

第十三章　神秘黑衣人

为首的黑衣人虽蒙着面，但那鹰隼般的眼睛透露出一股寒气。他并没有着急去靠近林若风，而是率众人来到保姆车后边，欲卸下车轮。

No.87

常规训练结束后，林若风乘坐保姆车离开训练场。

管家里克尔坐在副驾驶座位上，不断地告诫司机要开慢一些，万一出了事故，谁都承担不起责任。

“若风，董事长希望你今年放假能去国外！”

“这件事情我已经说了很多次了！我就要在国内打球，MIT（麻省理工学院）、Stanford（斯坦福大学）我都没兴趣！”

尽管里克尔比林若风年长几岁，但曾在英国最严格的管家学院学习的里克尔深知，管家的职责就是时刻为东家着想。

他不在乎林若风的言语多么激烈，他在乎的是自己能否清楚、准确地传达东家的意思。

“若风，你误会董事长了！董事长和总裁是希望你在国外进行网球专业化、系统化的训练！”

林若风换了一个坐姿，戴上耳机说：“我在明格得到的专业训练已经足够好了。为什么还要跑到国外去？”

里克尔连忙摇头，用纸巾不断擦拭额头上的汗。显然，传统的管家案例无法应对林若风这样的雇主。

“若风！董事长也想你了！”

“那就让董事长过来吧！”林若风漫不经心地回答。他现在把更多的注意力放在如何帮助明格拿到全国冠军，至于其他的事情，都暂不考虑。

里克尔苦笑，心中憋屈不已：让董事长过来？那还不如他直接过去辞职呢！

“若风，这里有一封您的信。”

林若风接过信后，面色凝重。

“若风，怎么了？”

突然一个急刹车，里克尔一脸愤怒地看向司机：“你会不会开车啊？我让你慢慢开车，不是让你停车？Do you understand（你明白吗）？”

司机不敢说话，而是用手指向前方那一堆黑衣人。

里克尔连忙拨打电话，请求支援。

“若风不必担心，救援队马上到。这车配备全系X8防弹新系统，能抵抗任何攻击！”里克尔试图安抚林若风。

不过，林若风毫不在意。

为首的黑衣人虽蒙着面，但那鹰隼般的眼睛透露出一股寒气。他并没有着急去靠近林若风，而是率众人来到保姆车后边，欲卸下车轮。

“笑话！把我们当什么了？”里克尔连忙下车阻止，却中了黑衣人的诡计。

为首的黑衣人掂量着手中的网球，顺势向其大力投掷。

林若风见球速极快，连忙冲下车推开里克尔，手臂却被这时速破百的球击中。

里克尔见林若风倒在地上，捂住手臂，痛苦不堪，赶紧护在其前，嚷道：“你们知道他是谁吗？谁敢动他？都活腻了？”

“明格网球双子星之一林若风，不是吗？”

里克尔捡起球用尽全身力气砸向冒犯者。

只见那人轻轻一侧身，球擦身而过，虽未砸中他，但他后面的弟兄被伤得不轻。

里克尔脱下西装，露出一身健壮的肌肉。

“我倒是要看看今天谁敢动若风！”

虽然黑衣人在数量上占优势，但见里克尔临危不乱，也不敢贸然上前。

就在这时候，警笛声响起，领头的黑衣人向里克尔竖起了大拇指，率团伙匆匆离去。

见那伙人走远，里克尔瞬间像泄了气的皮球，瘫倒在地上。

“若风，若风，你没事吧！我们去医院！”

林若风摆手，抓住里克尔的胳膊，一字一句地说：“快，快去保护楚河！”

No.88

楚河和米雪正在路边吃面，楚河不断地打起了喷嚏。

“看来又有谁在叨念你呢？”

面对米雪的玩笑，楚河并不生气，他说：“也对！想我的人实在是太多了。”

“楚河，你变了。变得和以前不一样了。”

“是吗？”

“以前的你酷酷的，不怎么爱说话。现在你都愿意笑了！”

“我又不是木头人！”

楚河接起响了很久的电话，神情严肃，双眉紧锁地观察起四周。

“怎么了？”

“快走！这里有危险！”

“走？走去哪里？”楚河话刚说完，刚才袭击林若风的那伙黑衣人便出现在楚河面前。

“是你弄伤林若风的？”楚河站在米雪身前，示意她找到空当跑去找人来救援。

领头的黑衣人说：“是的！你就是楚河？”

“我是！”

“你旁边还有一个女生。我们不打女生。这样，你挨我三拳！我就让你们走！”

“无缘无故，我为什么要挨你三拳？”

一定是自己那个不争气的父亲又欠了债导致朋友受到威胁，楚河愤怒地看向领头黑衣人，痛斥：“冤有头债有主，你何必伤害我的朋友呢？”

“臭小子，还挺讲义气。那我就不客气了！”

楚河迅速从裤袋掏出网球，高高跃起，投出去的球就像冰刀一般向领头的黑衣人刺去。

那个黑衣人同样用网球向楚河抛去。

两只网球在空中高速运转，然后发生撞击，楚河的球经过撞击依旧快速袭向领头的黑衣人。

领头黑衣人只能下意识侧身，球擦着他的下颌飞过。显然，此时他已经有些恼羞成怒，要不是移动速度快，可能去医院的就是他了。

四五位黑衣人接到指令，迅速包围楚河。一位黑衣人拿起铁杵欲砸向楚河。

此时，从远处跑来的一人挡在了楚河面前。楚河听到一声类似骨头断裂的崩裂声。

摘下面具，楚洵慢慢靠在楚河怀里。楚河发现自己的双手沾染上一些温热的液体。

“爸！”楚河大叫，他双手托着父亲的身体。

黑衣人见情形不对，果断撤退。

楚洵气息微弱，他费力地说：“我知道自己过去不是一个好爸爸。但我发过誓，一定要保护好自己的儿子。河，还有一点，见到你之前，我的债已经全部还清了。你要相信爸爸！”

原来楚洵始终在跟踪自己的儿子，不是为了要钱还债，而是他深知世嘉请的那些外聘球员都是有名的混混，他们为了达成自己的目的会使出“盘外招”。

而他能做的就是在最必要的时候保护楚河。

因为他是父亲。

楚河、米雪两人托住楚洵往医院方向走去。

此时，楚河的眼泪不禁溢出，他边哭边说："你知道吗？你每次来看我比赛，我不是因为恨你影响我发挥，而是想在你面前证明自己！我是多么紧张，生怕出现任何失误。我一直希望你发现，原来自己的儿子是多么了不起。打网球是多么骄傲的事情！……爸爸，你要坚持住，这一天迟早会到来！"

No.89

一个晚上，明格网球社竟遭遇两起意外伤害事故。

林若风右手轻微骨折，需要两至三周时间才能康复。楚河的父亲楚洵还在重症监护室尚未苏醒，楚河虽然只是轻微擦伤，但需要做心理辅导。

教练Mr.陈得知消息后，立刻赶到医院。他看到自己爱徒的伤势，本身有些孱弱的身体更是瑟瑟发抖。其他球员赶紧搀扶住Mr.陈。

"教练，保重身体！"林若风欲下床却被护士们拦住。

"太过分了！这分明是暴力事件！我决不允许这样的事件出现在校园里！"

"查清楚了吗？"林若风看向守护在自己身旁的家族保镖们。

"是的，若风！据我们调查，那伙人是世嘉的外聘球员！为首的叫秦风，是地下网球的核心成员！"管家里克尔的后背已经湿透，他没有守护好林若风，这在管家界看来是莫大的耻辱。

"地下网球？"林若风一脸疑惑。

"地下网球是一种不能见光的网球流派。他们把网球看作是一场输赢游戏，并且以此为生。输与赢，既是结果，也是过程。"

楚河将林若风扶到床上，调整了其背后靠垫的位置——用更加舒服的卧姿来交流。

"他们也太狂了吧！我不相信他们能赢过伍涩！"

马仔有些气急败坏，他正在用手机刷两队的即时比分。

过了很久，他才抬起头，像是刚看了一部惊悚片，继续说道："你们猜怎么着？伍涩被抬了下去！世嘉竟然赢了比赛！"

"网球是一网之隔的竞技体育，除非是意外受伤，不然怎么会被抬了下去？"平时不善言辞的黑皮此时也感到难以置信。

"他们既然能够不顾一切地袭击我们，那么伍涩的出局也就不难理解了！"

楚河望向窗外，陷入沉思。如果是球场内的困难，他有足够的信心来克服一切阻力。可是球场之外的因素该怎么克服呢？

楚河注意到，就连自己最信任的战术大师Mr.陈此时都有些沉不住气，露出了慌乱的神情。

“若风，要不要我带人去质问这些街头混混？”

“你有证据吗？那些都是亡命之徒，根本不怕你！”

林若风看向里克尔，他示意自己遇袭的事情不要过度张扬。一方面是怕家人担心，另一方面也是保护里克尔的自尊心。

里克尔充满感激地看着林若风。现在，他终于明白自家若风是刀子嘴豆腐心。若风做的一切都是在保护自己。

里克尔等人走后，林若风才告诉Mr.陈，以自己的伤势他可能无法出战三天后与世嘉的淘汰赛。

“都到这个份上了，比赛还是要继续打！这么多人都在看台上，电视也在转播，秦风还能耍出什么花样？”楚河率先表明态度，其他成员纷纷响应。他们看向教练。

Mr.陈却盯着另一张病床上陷入沉睡的楚洵，在发愣。

“Mr.陈，您和我父亲认识吗？”

“不认识！”

Mr.陈迅速将视线转到别处，点头说：“只要大家团结一致，不论世嘉耍什么花招，我们都无所畏惧！卑鄙的网球是无法走远的！”

随后，Mr.陈又讲了三天后比赛的具体技战术策略。

待众人散去后，楚河慢慢来到父亲的病床前，右手牢牢抓住楚洵那已没有知觉的手。

他不断地道着歉，为自己过去的言行道歉，为自己的错误理解道歉。

无论我们以后多么有本事，在父母看来，我们始终是长不大的孩子，是需要被保护的一方。

尽管我们早已有能力保护他人。

No.90

米雪面色苍白，她的哥哥伍涩还在医院治疗。

她本应该照顾伍涩，只是她答应过伍涩一定要将现场实况录像送到楚河这里。

大家看完实况录像，陷入了死寂的沉默。

“奇怪啊，这场比赛我没感觉有什么特别。”马仔仔细看着录像说，“难道他们像漫威英雄一样，有某种神力吗？”

“喂！说什么呢？他们哪有那么厉害！不过是使了一些手段罢了。难道他们还是战无不胜的吗？”林若风有些不服气。

“我表哥说，要你们多注意赛场上的情况。秦风的小动作特别多！”

米雪死死盯着屏幕里的秦风，恨不得把他从屏幕里拖出来，暴揍一顿。

“大家一定要给我哥报仇。让这样的卑鄙小人付出应有的代价！”她狠狠地说。

“秦风简直就是我们网球界的耻辱！放心吧！米雪！我们一定会加倍小心，帮你在球场上横扫秦风！”楚河拍了拍米雪的肩膀，露出必胜的微笑，“好好照顾伍涩！告诉他，他还欠我一场比赛！”

第十四章　1+1<1

很快，马仔就明白了楚河的意思。秦风和黄毛怪知道马仔视力受损，就拼命将球发向马仔。每当楚河想过来补防，秦风马上就挥拍到反方向。

No.91

比赛如期而至。由于林若风的缺阵，Mr.陈安排三位男单首发为马仔、楚河、黑皮，男双分别是楚河与马仔，第四男单依旧是楚河。

率先出场的马仔与对手首盘打得非常胶着。他的对手染了一头黄发，马仔戏称他为黄毛怪。黄毛怪的球路比自己的发型还要怪。他并不急于得分，而是喜欢大角度来调动马仔。

“世嘉到底葫芦里卖的什么药？”楚河不禁疑惑，这个黄毛怪有好几次都可以直接得分，难道他不想过早地结束比赛吗？

“楚河，这场比赛可能比拼的不是技战术实力。”Mr.陈坐在场边教练席上说，右手紧握成拳靠在胸口上。

“教练，你没事吧？”楚河见Mr.陈神色非常痛苦。

Mr.陈摇手，示意无碍。

“楚河，这场比赛非常不好打！你们生性善良，习惯了打正规球。这些街头网球手往往会有惊人之举。这次，对你的体力也是一个考验！”

两个小时过去了，马仔与黄毛怪的盘分还是1∶1。每盘都是长盘抢七，比赛异常艰苦。不要说运动员，就连裁判都不停揉眼睛来缓解疲劳。决胜盘更加激烈，双方前六局各自保发。这次，轮到黄毛怪的发球胜赛局。

黄毛怪不急于发球，而是使劲地在地面拍球。

“喂，黄毛怪！你打球能不能麻利点儿？扭扭捏捏不像样！”

黄毛怪没有理会马仔的抱怨，继续拍打着球。

“裁判，他这个属于发球违例。”

马仔按捺不住激动的心情，他走到球网中线处找裁判理论。裁判拒不理会，反而警告马仔再继续投诉的话，就会罚分。

马仔摇头，只能重新站在接发区。

正当马仔准备全力接黄毛怪的外角二区时，他的眼睛突然感到不适，下意识地闭上眼，而当他再睁开眼睛时，球已落入界内。

“裁判，我受到观众席影响！有人拿激光笔照我！”马仔对裁判投诉道。

有些疲惫的主裁判，只想快点儿结束这场耗时已久的比赛，他再次拒绝了马仔的投诉。

马仔的眼球有些泛红，眼泪无意识地不断流下来。

“嘿！输个球，就哭了？”黄毛怪挑衅地向马仔发问。不过，随后他遭受到重拳。谁都不会想到，揍他的人竟然是看似有些弱不禁风的黑皮。

“你嘴巴放干净点儿！”黑皮还想继续揍他。

双方球员瞬间起了肢体冲突。若不是裁判和工作人员及时将双方隔离，这次冲突还将进一步升级。

“教练，第二场让我打吧！让社长打第三场，我虽然不能赢得比赛，但是起码他们的这些诡计可以早些被楚河识破。”

“可是……”

“教练，让黑皮上场吧！他需要经历大赛的考验才能成长！”楚河也向Mr.陈提议。

这是一场淘汰赛，如果输了，这批选手有可能从此告别网球职业赛。但这是属于他们的比赛，他们应该为自己的比赛负责。Mr.陈犹豫片刻后，点头默认。

黑皮的第二轮上场打乱了世嘉的部署，这次和黑皮对打的是一个看上去身高不足一米六的小个子球员。

“你好！这好像是你第一次以单打身份出场，多多指教！”

小个子球员倒不像之前黄毛怪那样傲慢，而是面带微笑，和黑皮进行赛前握手。

“多多指教！”

小个子球员接球重心非常低，回球速率非常快。几个回合下来，黑皮就已经气喘吁吁。

“这家伙就是个笑面虎！”马仔在场边一边揉着红眼，一边观看着比赛。

“这类球员打球初看没有伤害性，但是往往会在无形中完成最致命的一击。”楚河分析道。

“那我们不会再输一局吧？”马仔有些担心，如果连输两局，那楚河的压力将会变得更大。

当轮到黑皮发球，观众席上的激光笔再次出现。黑皮请求一个短暂的医疗暂停，来延缓这局的进行。

场内却响起了嘘声。

“这群观众真的是不明是非！”此刻管家里克尔正陪着林若风在医院里观看这场直播。

“太卑鄙了！世嘉这哪是在打网球，他们肯定又用了见不得光的手段，让黑皮受伤！以黑皮的性格，怎么可能会主动通过医疗暂停来拖延比赛呢？若风，这群观众真的是……”

“里克尔少说几句！安静看球！”林若风被里克尔的话语搅

得心烦意乱，“网球是技战术非常强的运动。在规则允许的情况下，去合理运用规则，本来就没有错！”

见里克尔一脸蒙的样子，林若风不再多说，他出神地望着电视屏幕，心中默念：少了我的明格，更加要赢啊！

“我要赢！”黑皮再次回到赛场上。他换了一身球衣，戴了一副眼镜。

这次黑皮改变了战术，不再和小个子打对攻，而是用网球截击的技术将他调到前场，然后再吊球到后场。

黑皮的截击球过网急坠，即使对手重心再低，也很难追上。

在连失三分后，世嘉的小个子躺倒在地上。他实在难以想象，这个眼前毫无单打经验的球员是如何练成SABR（费德勒战术体系中的一种）网前技术的。

Mr.陈看向楚河：“是你把这个技术教给黑皮的吧？”

楚河笑而不语。

Mr.陈不由得点头，楚河不在乎个人的输赢，而是更关注团队的利益。他把自己放在一个很低的位置，让自己的队员踩着他的肩膀快速成长。这也许就是区分优秀球员和伟大球员的标准吧！

小个子球员渐渐体力不支，比分也逐渐被拉开，而在网的另一边，黑皮却愈战愈勇。他很好地贯彻了医疗暂停期楚河跟他说的战术理念。

第三局盘末点，黑皮发球。小个子球员回头看向观众席。

那束激光如约而至，但黑皮丝毫没有受到影响。

原来黑皮戴的那副眼镜是防激光的。

最后一击ACE球，黑皮赢得了比赛，他走到小个子前面，竖起方向朝下的大拇指。

谁都没有想到，第一次上场的黑皮竟然可以赢得比赛。

No.92

第三局是真正的较量，由楚河对战秦风。

“上一局是侥幸，这一局不会让你轻易过关了！”

楚河冷笑一下，不予回应。

秦风一连发了4个ACE球，直接拿到了第一分。相反，楚河在自己的发球局中，接连被破发。整个比赛毫无流畅性可言。如果只看球衣不看球员，你会发现这简直就像一场低级别的练习赛。

“Mr.陈，楚河到底是怎么了？”马仔完全看不懂这场比赛的走势，他从来没有看到楚河球打得这么差。

“他有自己的想法！我们静观其变！”Mr.陈劝马仔安静看球。

很快，秦风便拿下了第一盘。就连赛场解说员都说：这是一场一边倒的比赛。

秦风看着正在补充水分的楚河，心想：这小子到底在搞什么鬼？难道他不想赢球吗？

“喂！你到底想不想好好打球？”在连得五分之后，秦风忍无可忍。

“对你这样的人，我需要和你好好打球吗？”楚河平静地说。

“别忘了，你也是街头网球出身的！”

“街头网球不是黑暗网球，你觉得你能代表街头网球吗？”楚河反唇相讥。

“好！那就让你看看什么才是街头网球。”秦风拿起球拍，在挥拍之前看向楚河，然后，使尽全身力气，快速发球。

这让楚河想到自己遇袭晚上的那个发球，同样的速度，同样的角度。楚河没有用蛮力去接这个球，而是侧身躲开了来球。

宁可丢分，也不愿意回球。楚河的态度让秦风大感意外。

不到40分钟，秦风轻松取胜。

No.93

楚河坐在球员休息室里，马上他要和马仔打男双了。

“楚哥，你吃得消吗？”

楚河打完男单，再打男双。如果男双赢了，还得再打男单。这对楚河的体力要求极高。马仔捂着受伤的眼睛，心里想的却是好兄弟的体力。

“你看到我上一场流汗了吗？”

“啊，原来是这样。”

马仔这才明白，原来楚河是想保存体力全力打这一场比赛。如果像自己一样第一轮拼尽全力，结果还是输，那就得不偿失了。

“马仔，比赛的时候，不要和秦风硬来！”

很快，马仔就明白了楚河的意思。秦风和黄毛怪知道马仔视力受损，就拼命将球发向马仔。每当楚河想过来补防，秦风马上就挥拍到反方向。

“你以为休息一局就有用吗？”秦风嘲笑道，“你输定了！”

秦风突然放了一个网前短球，马仔连忙去接。

楚河大喊：“别去接！”

马仔不以为意，将球勉强回过去。这时，他身前露出大片空当。秦风并没有将球打落在空当处，而是发力抽球，将球扫到马仔身上。

马仔呆滞了几秒，然后重重地摔倒在地上。

“马仔！”楚河连滚带爬地跑向马仔。马仔躺在地上，很久都没有起来。全场鸦雀无声。

“楚河，我终于知道伍涩为什么会受伤了。”

“不要说话，医生马上就来了！”

“没事，我马仔皮糙肉厚，我还能打！”

马仔试图起身，但很难站稳。Mr.陈向裁判抗议，对方的行为是有违体育精神的。秦风装作一脸无辜的样子看向裁判，好像在说自己是无意击中马仔的。迫于压力，裁判警告秦风，若再有违背体育精神的举动，将直接罚出场外。

楚河目送医护人员将好兄弟马仔扶到场边。医护人员希望马仔去进行相关检测。马仔摆手拒绝，他要看完楚河的比赛。与此同时，手臂上打着石膏的林若风也出现在场边。

楚河站起身来，他没有看向对手，只是低头看球，然后，引拍，身体腾空，发完球直接上网打对手中路。显然，秦风和黄毛怪都以为彼此会接球，结果错失了回球的最好时机。楚河连续得分。

尽管多一人，但双打网球打的是默契程度。也许你单打能力足够强，但1+1并不一定总等于2。林若风看着楚河非常精准的回球，都忘记了打石膏的手，发自肺腑地鼓掌。

每当楚河打出漂亮的击球时，在场的观众都为其加油。

“为什么？为什么我们两个人都打不过他？”随着楚河再得一分，秦风的心理防线有些崩溃。他痛骂自己的队员无能，连球都接不好！

"有本事你接啊！"黄毛怪对自己的老大也有不满，"你自己都没接住，凭什么说我？"

"说你怎么了？你以为自己很了不起吗？"

赛场上，发生了令人匪夷所思的一幕。现场解说员就像吃瓜群众，他兴奋地说："快看！世嘉两位队员竟起了争执。队长秦风将队员推倒在地，那个染了黄色头发的队员也不甘示弱，他倒在地上伸出剪刀腿，将自己的队长绊倒。两人又扭成一团。哦，明格网球社的队员楚河也加入了战局。哦，不，楚河是来劝和的。天哪，这是我在直播生涯中，第一次看到队友闹矛盾，对手来劝和！好了，裁判终止了比赛。"

裁判组商议了二十分钟后，裁判长做出决定：此次比赛明格获胜。当听到这一消息后，全场沸腾。

失利的秦风望着全场观众为楚河欢呼，他百思不得其解，明明自己快要赢了，也为这个"赢"做了很多准备，为什么转眼之间就输了呢？秦风蹲在地上，自己的教练绝尘而去。

秦风明白这场失利意味着像他这样的人已经无缘职业联赛了。

此时，一只手伸到他的面前。是楚河。

"终于结束了。"楚河看着秦风，将他拉起身。

"你是来嘲笑我的吗？"

"不是。我也是打街头网球出身。我一直觉得街头网球的优势是源于对网球的热爱，纯粹的热爱。就像我小时候，成天就想偷跑出去打网球。可是真的费尽心力跑到遥远的球场里去，小伙伴早就散了。但我依然享受那片场地带给我的宁静。那可能就是徒劳而无功的快乐吧！”

“徒劳而无功的快乐？”

“是的，无功的快乐。还记得上次你打球时的快乐吗？”

秦风想起最快乐的时候，就是在一座破旧的房子里向其他网球爱好者展示自己最新的网球技术。这种快乐的满足感，秦风已经很久很久没有体会到了。

“我懂了！”秦风拿起拍子离开球场。尽管赛场观众对他还是“嘘”声一片，但秦风依旧向观众致意。

“楚哥，就这样放他走了？我们的仇怎么办？”马仔认为这样放过秦风太便宜他了。

“算了吧！如果他能从中学到些什么，我这伤也就值了！”林若风伸出手臂打趣道，“我想伍涩也会原谅他的，他只是太想赢了！”

“你们怎么突然变得这么大度了？还有楚河，我从小和你一起打球，我怎么不知道你还跑去体育场打球，我们不都是随便找一块地方开始打球的吗？”马仔一脸疑惑。

“因为我怕赢了比赛，再被这群人打！”

队员们愣在那里，理由就这么简单？太过分了！

第十五章　世界中心

现场解说带动了全场的气氛。楚河看向主看台，他知道自己的父母、米雪、伍涩、黑皮、马仔等亲友们都在期待冠军的产生，楚河还知道教练Mr.陈一定在天空中的某个角落注视着自己最喜欢的两个弟子的比赛。

No.94

晚上，林若风仍坐在训练场内。

“还不回去？”

楚河收拾着满地散乱的网球，他既是队员，也是这里的后勤，以此来补贴家用。

“没！想再坐一会儿！”林若风看着楚河弯腰，将球一个个捡到筐里。

“兄弟，我是说如果我不能再和你并肩作战了，你会怎么办？”

“为什么这么说？你今天看起来有点儿怪怪的！”

楚河望向林若风：“不会是被今天的场面吓得想退出吧？这

可不是你林若风的风格！”

“别闹！我是说真的。”

楚河认真想了一会儿说：“如果你退出明格网球社，我不留你。但是，当你再来明格的时候，我一定为你接风！”

“兄弟，戏过了！”

楚洵苏醒后，反复看着楚河比赛的实况录像。

“河，那是你的教练吗？”

楚洵盯着屏幕上的Mr.陈发愣。

“是的，Mr.陈是技战术大师！没有他，我们许多比赛都无法赢下来。”楚河给他削着苹果，“爸，医生说你再过几天就可以出院了。到时候，我陪你走走吧！”

“你不是还有一场决赛吗？不要耽误你训练！”

明格的决赛对手是北昌中学。这也是一支老牌劲旅，他们曾连续12年入围四强。

“有把握吗？”

“我也不知道有没有把握。北昌是一支强队，但我们明格也不弱！反正是最后一场了，我们会拼尽全力的。”

“好。爸爸相信你！”

No.95

“我也相信你啊！”米雪喝着奶茶，她一直想吸杯子里的椰果，可总是吸不上来。于是，她只能拆开包装，将椰果倒在调羹上，然后，猛地一大口吞咽下去，脸上露出了久违的满足感。

米雪心情不错，哥哥伍涩基本痊愈，她悬着的心终于放下了。

“冰山王子，又在想什么？”

“我在想和秦风的对决！”

“这场比赛不是已经过去了吗？”

“是过去了！但我也用了一些偷懒的方法。如果这场比赛是林若风打，他肯定会拼尽全力到最后一刻。”

“但……这样可能前三局就输了！”米雪说。

“那谁的网球更加完美？”

“关于网球我肯定没有你懂得多。但是，喝奶茶我肯定是行家。就像刚才，我要是用力去吸椰果，那肯定吸不到，但如果换一种方法，就能吃到。”

米雪说完，又要了一杯焦糖玛奇朵。

楚河看着米雪吃得津津有味，忍不住问：“真的有那么好吃吗？”

“废话！不好吃，我会吃吗？”

米雪虽然不打网球，但她总是能在某个时刻有意或无意点醒楚河。其实，很多事情无法做到完美，但是我们可以臻于完美。

今夜，米雪又为楚河上了一堂“网球课”。

“老板，再给我一杯玛奇朵！”

No.96

天未亮，米雪就戴上帽子和口罩出现在Mr.陈的住所门口。此时的Mr.陈着装与米雪类似，只是帽子比她的大了一圈。

米雪搀扶着Mr.陈上车。他们的目的地是医院。

“小雪啊，这段时间真的难为你了。”Mr.陈有些自责，因为自己的病情，只能让米雪跑前跑后。

“教练，别说这样的话。您是为了整个球队奉献自己！”

“这些孩子都那么喜欢打网球，真希望可以一直带他们打下去！”

两人都不再说话。因为Mr.陈的病情已经极度恶化，大夫说病毒细胞已进一步扩散。若是再不接受治疗，随时都会有生命危险。

“教练，我来告诉楚河他们，您还是先做手术吧！”米雪看着Mr.陈头上不断溢出的冷汗，有些心疼。每周三他都会先去医院，再去指导楚河他们练球。

“不行。楚河他们高三学业压力本来就大，还要抽时间练网球。如果再让他们得知我的病情，他们会分心的。没事，打完决赛后，我真的要功成身退了。”

No.97

回到训练场，Mr.陈发现有一个人已经等候他多时。

“还认识我吗？”那人摘下帽子，两鬓已经斑白。

“怎么会不认识？要不是有你，我怎么会这么年轻就退役了。”Mr.陈曾经是网坛最炙手可热的新星，就像当初的比约·博格（网坛传奇球员，瑞典人，曾夺得6次法网男单冠军）一样。然而，站得越高，摔得越重。当年，Mr.陈就是被眼前这个人带上歧路，学会了酗酒、抽烟，最终远离赛场、沉迷于世俗世界。

“楚洵，你今天找我就是为了和我说这个吗？”Mr.陈坐在椅子上，他手边还有许多球队信息表要看。

“我是希望你能放过楚河。他是我唯一的儿子。上代人的恩怨与这代人无关。如果你要惩罚他，就惩罚我吧！是我害你早早退出网坛的！”

Mr.陈合上文件，他站到楚洵面前：“我是要惩罚楚河！我要罚他完成我未尽的梦想，我要罚他拿到世界冠军，来消解我对你的恨。”

楚洵默然坐在那里，他一直以为Mr.陈会恨他，没想到人家早就不恨自己了，反而全心全意帮“仇人”的儿子提升网球实力。

“楚洵，你在医院昏迷的时候，我已经认出你了。恨一个人要比爱一个人难。爱已经成为常规，但恨需要时时鞭策自己。我们都活了大半辈子了，做一点儿喜欢的事儿吧。以前的事，我早就忘了！”

Mr.陈说完捂住了自己的胸口。

“你怎么了？”

楚洵连忙送Mr.陈去医院急救。

No.98

“他都病成这样了，还不住院？你知道要是再晚一点儿，会有什么后果吗？”经过几个小时的急救，Mr.陈才终于脱离危险期。医生一出来就对楚洵一通抱怨。

楚洵意识到，自己的这位老友是带病坚持教学。他为自己刚才的想法感到懊恼。

“最近真有意思，我们明格网球社是把医院当家了吗？队员、家属、教练，这都第几次进医院了？我看啊，直接把训练场放到医院得了。”Mr.陈醒来后，竟开起了玩笑。

“Mr.陈你这是必有后福！”楚河、林若风等球员都聚集到Mr.陈身边。

米雪站在人群后面，说：“对不起，教练。看到您为球队劳心劳力，我实在是没有办法不告诉他们！”

“小雪！你！”Mr.陈感到意外，“你怎么这么不听话呢！”

“Mr.陈不要再怪小雪了！你好好休息，下一场决赛，我们能行的！”

“是啊！Mr.陈！楚哥对网球的理解已经很厉害了！有你没你都一个样儿，你安心休息吧！”马仔笑呵呵地劝着Mr.陈，差点儿被Mr.陈扔过来的枕头砸晕。

病房里又响起了一阵阵熟悉的笑声。

No.99

由于Mr.陈不在，明格网球社的日常全权由楚河负责。尽管队员们都训练得十分刻苦，但总感觉少了些什么。尤其是在技战术层面的讲解，似乎拿对手没有特别好的办法。

“他们每一个人的打法都非常全面，能攻善守！”

北昌中学的整体球风硬朗，像极了去年伍涩率领的队伍。他们仿佛不是球员，而是机器人。每一个发球，每一个回球都非常精准。

去年决赛失利的阴影又在楚河心中升起。因为像这种机器人似的无解打法，让人感觉就像一个学霸坐在你面前和你一起考试一样。

更糟糕的是，明格双子星之一的林若风已经三天没有出现在训练场了。

“这家伙不是说痊愈了吗？还在养伤吗？果然是富家公子哥，太娇气了。”马仔有些不满，尤其是在大强度的训练量之后。

“也许不是这个原因。”楚河想起那天晚上，林若风和他怪怪的对话——“如果我不能再和你并肩作战了，你会怎么办？”

“肯定是误会，当初网球社重建，是林若风不顾一切来帮忙的。现在，我们队处境要比当时好太多，林若风不会一走了之的。”黑皮安慰大家。

突然，那熟悉的脚步声由远及近传来。是林若风。

“我就说林若风会回来的！马仔，话说早了吧！”

黑皮欲接过林若风的训练包，准备进行团队有球训练。但林若风没有移动脚步。他看向楚河。

“对不起，我要离开明格网球社了。”

“理由？”

“我的学籍在北昌。转学之前和他们有过约定，如果球队和明格相遇，必须站在北昌那边！我本以为不可能发生这样的事情。直到遇袭之前，我收到一份快件，才得知北昌也进了四强。”

“你家族不是很有实力吗？你可以强行代表明格出赛吗？”

“这样会直接取消我们的比赛资格。”林若风环顾这些曾经与自己并肩作战的队友，说，“真的很抱歉。我知道比赛之前，按惯例对手是不能见面的。但我怕比赛场上你们看到我站在另一边会感觉遭到‘背叛’。实在对不起，我真的不是叛徒，也不是北昌派来的奸细……”

林若风向大家鞠了一躬。

“兄弟之间有必要道歉吗？把问题说清楚就行了！”楚河扶起林若风。

“我知道你肯定不是故意的。不然，你也不会帮我们到现在。”马仔拍了一下林若风的脑袋，“说什么对不起！小心在决赛场上，我依然会打得你满地找牙！”

“那你要打很久哦！”

林若风又恢复了他毒舌的本性。

“别开玩笑了！来，趁现在时间还早，我们继续训练吧！”

楚河大声喊道。

这是四人最后一堂训练课了。两天后，他们就会站在世界中心，各自为战。

No.100

与决赛相对应的是，期末考试也随之到来。教室里的吊扇无力地摇曳着，许多同学都昏昏欲睡。教语文的孟老师正在讲授古希腊文学的高峰《奥德修斯》片段。

“同学们，如果我们仔细分析奥德修斯会发现，他首先是一个命运多舛的人物。他赢得了特洛伊战争，可是返乡的过程中，他历经千辛万苦，独目巨人吃掉了他的伙伴，神女喀尔刻把他的朋友变成了猪，还有女妖、怪物卡律布狄斯和斯库拉等诸多敌手对他百般刁难。等他经历重重困难，十多年后回到自己王国，他的部下又霸占了他的王宫，掠夺了他的宝藏。你们说这样的人物命运多舛吗？”

讲台下的同学们寂静无声，兴许是夏天到了，一切都懒洋洋的，教室里寂静得可怕。

“老师，我想知道奥德修斯最后的结局是什么。”楚河的提问就像夏天的惊雷。

黑皮小声说："社长是怎么了？明天就要打比赛了，他今天还能够静下心听老孟的课？是不是受刺激了？"

不仅是同学们，就连孟老师都感到有些惊讶。这位学生整整三年都没有主动回答过问题，真没想到最后他竟然向自己提问。难道他是被自己的课所吸引吗？

"最后奥德修斯装作乞丐，进入王宫，设法同儿子一起杀死那一伙横暴的贵族，和妻子重新团聚。"

"老师，是什么支撑着奥德修斯几十年如一日地一定要回到故乡？在这个回乡途中，很有可能他会中间放弃啊！"楚河进一步提出问题。

这个问题提得非常好，孟老师沉思片刻，说："我做学生的时候，曾经读到过两句话。一句话是罗曼·罗兰讲的，世界上只有一种真正的英雄主义，就是认清了生活的真相后还依然热爱它；另一句话是孟子说的，道之所存，虽千万人，吾往矣。真正的英雄，永不言败，永不退缩！不知道这算不算回答了你的问题？"

放学后，楚河还在思考奥德修斯这个人物。面对挫折、诱惑、苦难，奥德修斯竟然坚定不移地去完成自己的预设目标。楚河突然想到最近自己非常喜欢的鹿晗的歌《勋章》，里面的歌词好像也提到了奥德修斯：

……

他们说每一个风浪都能够淹没我
可我会像奥德修斯一样朝着心中的方向
哪怕众神会在彼岸阻挡
当我需要独自站在远方的沙场
武器就是我紧握的梦想
而我受过的伤都是我的勋章
……
生命只能向前
坚定信念的人都是英雄
可我会像奥德修斯一样朝着心中的方向
哪怕众神会在彼岸阻挡
当我需要独自站在远方的沙场
武器就是我紧握的梦想
而我受过的伤都是我的勋章
武器就是我紧握的梦想
而我受过的伤都是我的成长
……

原来如此，楚河在听了第三遍之后，猛然醒悟到，网球就是自己紧握的梦想。如果能够轻易达成，那它肯定不是梦想。自己、马仔、黑皮，包括林若风、伍涩等，他们需要做的就是努力去实现梦想。

决赛如期而至。

明格只有四人出战，而北昌中学是集齐六人。因此，整场比赛对明格来说是一次前所未有的考验。

为了能保证获胜率，在出场顺序上楚河连续参加两个单打和男双比赛。现场解说员都说，这简直是不可思议的事情。

但网球就是这么不可思议，又扣人心弦。前四局，明格中学网球社凭借着超强的意志力，与北昌网球社总局分打成2：2。

“各位观众朋友们，最后一局是男单世纪对决：楚河对林若风。两位昔日的队友竟变成了今日的对手。双方对彼此更是知根知底。尤其是林若风在前四局中竟一场未上，他仿佛是算准了楚河会跟他打决胜局……”

现场解说带动了全场的气氛。楚河看向主看台，他知道自己的父母、米雪、伍涩、黑皮、马仔等亲友们都在期待冠军的产生，楚河还知道教练Mr.陈一定在天空中的某个角落注视着自己最喜欢的两个弟子的比赛。

楚河看向自己的好友兼老对手林若风，开始了新一轮的战斗。

音乐魔法石

音乐是一种有魔力的东西，有的催人上进，有的让人治愈，有的还能使人安静。《勋章》就是一首催人上进的歌，《夜的勋章似少年的光》更是一个催人上进的故事。读完这个故事，你都收获了什么，来测试一下吧！

1.楚河作为新生导生，要在队列会操上发言。他的发言稿题目是什么？

2.明格网球社成员一度以为米雪投靠了他们的竞争对手伍涩，成了叛徒。实际上，米雪和伍涩是什么关系？

3.楚河与林若风一直以来都不对付，最后为什么会成为好朋友？

4.在成长中，遇到一个与自己实力相当的竞争对手，既是一种挑战，也是一种幸运。如果你也有一个这样的对手，你会对他说些什么？

意林·成长音乐小说
读者搜查课

“意林·成长音乐小说”系列，将具有魔力的音乐融入校园生活，使学生读者们拥有一段“有声有色”的校园青春。看完本故事，你有什么样的阅读体验呢？快来告诉编编吧！（寄来此搜查课答卷的前50名读者将收到神秘礼物哟）

1.你觉得本书故事有趣吗？（　　）

A.非常有趣　　B.一般　　C.很无聊

2.你觉得本书封面吸引你吗？（　　）

A.封面很打眼，很吸引人　　B.一般　　C.不喜欢

3.看完这个故事，你能从主人公的成长经历中获得共鸣吗？（　　）

A.能够获得，从他们的故事中我看到了自己的影子

B.一定程度上能够获得，成长方式因人而异，但大方向是没错的

C.不能，这完全不是我的世界

4.如果“意林·成长音乐小说”系列推出新书，你还会继续关注吗？（　　）

A.当然会　　B.看情况　　C.不会

5. 你对“意林·成长音乐小说”系列这种结合音乐与故事的形式还有哪些其他的建议？

邮寄地址：北京市朝阳区南磨房路37号华腾北搪商务大厦1501室《意林·少年版》编辑部。邮编：100022

畅销书《意林·山海经》

作者周飞，

携妻子李萍 倾力打造

甜心格格

Ori-Princess

精灵来了

JINLIN LAILE

由《风云》《人在囧途》的导演文隽监制，张籽沐、考拉、王媛等主演的同名电影即将爆笑上映

内容简介：

清末咸丰年间，一个外星小孩降落圆明园，和四位小格格组成“威风八面小联盟”，屡屡挫败各种坏人的阴谋诡计，在清朝内忧外患的关键时期挺身而出，保卫家园。咸丰帝赞四位小格格是大清朝的“猛将”，后来被封为慈禧的懿嫔娘娘也冲她们竖起了大拇指。

《我和爷爷是战友》

作者：赖尔

中宣部唯一批准的青少年类穿越题材作品，被称为“零距离抗战文学”，受到《人民日报》《光明日报》的高度评价，入选中国第十二届“五个一工程奖”贡献奖。

根据本书改编的同名影视剧即将开拍。

内容简介：

一次意外事件让李扬帆和林晓哲穿越到了1938年那个战火纷飞的年代，他们的种种弱点随之显现出来。故事的结局出人意料，在战争中他们得到了磨炼，在穿越回来后发现，现实当中那位90多岁的姨爷爷，竟然是故事中自己的战友……

《全息陨落》

作者：赖尔

未来已来，将至已至。

当人工智能完全取代人类智慧，是科技的进步还是世界的颠覆？

内容简介：

2036年，黑洞即将吞噬太阳系，世界组织制造了“方舟计划”与“美梦计划”。平民在进入全息游戏世界后竟然无法脱离，成诺发现这个秘密后召集同伴，与电脑AI展开了斗争，试图带领众人脱离苦海……